英雄模范共产党员故事汇

董存瑞
DONG CUN RUI

刘爱峰　编著

青海人民出版社

图书在版编目（CIP）数据

董存瑞/刘爱峰编著.--西宁：青海人民出版社，2021.5（2024.11重印）
（英雄模范共产党员故事汇）
ISBN 978-7-225-06158-0

Ⅰ.①董… Ⅱ.①刘… Ⅲ.①传记文学—中国—当代 Ⅳ.①I25

中国版本图书馆CIP数据核字（2021）第082322号

英雄模范共产党员故事汇

董存瑞

刘爱峰　编著

出 版 人	樊原成
出版发行	青海人民出版社有限责任公司
	西宁市五四西路71号　邮政编码：810023　电话：（0971）6143426（总编室）
发行热线	（0971）6143516／6137730
网　　址	http://www.qhrmcbs.com
印　　刷	青海西宁西盛印务有限责任公司
经　　销	新华书店
开　　本	890 mm×1240 mm　1/32
印　　张	3.5
字　　数	93千
版　　次	2021年7月第1版　2024年11月第2次印刷
书　　号	ISBN 978-7-225-06158-0
定　　价	20.00元

版权所有　侵权必究

目录

楔子：英雄殉职引关注，原来英雄有传承	001
引言：永远的董存瑞	003
宝瓶的传说	006
历史风云中的1929年	009
计惩地主刘大肚子	012
在斗争中成长	020
优秀的儿童团长	024
出色的民兵	030
我要当兵	037
枪的故事	042
特殊的任务	048
提高军事素质	054
在战斗中磨炼	059

目录

鏖战十五昼夜	064
加入中国共产党	071
再立新功	078
咱们是革命好同志	085
在革命熔炉里锤炼	088
英雄定格一瞬间	090
程子华与宣传董存瑞的第一篇报道	096
董存瑞纪念日的由来	101
董存瑞烈士碑文	103
董存瑞年谱	106

楔子：英雄殉职引关注，
　　原来英雄有传承

2020年3月15日，在很多媒体上出现了这样一则消息：

  据央视新闻客户端消息，近日，国务委员、公安部部长赵克志签署命令，追授北京市公安局法制总队信访支队三级高级警长艾冬全国公安系统二级英雄模范称号。在新型冠状病毒肺炎疫情防控工作中，艾冬勇挑重担、忘我工作，高效开展对群众反映的涉疫情诉求线索核查、处置工作，不幸于2月15日突发脑出血，经抢救无效于2月22日牺牲，年仅45岁。艾冬来自一个英雄的家庭，是董存瑞的亲外甥，从小受老一辈的优秀传统和红色基因的熏陶，在工作岗位上，忠诚履职，无私

奉献，直到生命最后一刻。

这是一则令人感慨的消息，艾冬警官英年早逝，而且是在防控新型冠状病毒肺炎疫情工作中，令人扼腕。他把融于血脉的红色基因体现于"关键时刻冲得上"的忠诚担当，把根植于内心的为民情怀体现于做好每一件群众工作中，用生命传承了英雄精神，更用一生诠释了人民警察的崇高理想信念。

董存瑞为了中国人民的解放事业，献出了自己年轻的生命，他牺牲时年仅18岁。社会主义建设时期，他的亲外甥，在不同的岗位上，忠诚履职，无私奉献，其精神是一脉相承的，董存瑞的外甥——艾冬警官的殉职，激起人们了解英雄的迫切愿望，我愿随读者去追溯董存瑞尚不遥远的足迹！

引言：永远的董存瑞

董存瑞，十八岁，
为国牺牲炸堡垒。
炸到堡垒咯咯脆，
全国人民流眼泪。

这是20世纪六七十年代流传广泛的小朋友跳橡皮筋时唱的歌谣之一。战火纷飞的革命战争年代是英雄人物辈出的年代，董存瑞就是其中的一个，他舍身炸碉堡的英雄事迹家喻户晓，这种为了革命事业的胜利而勇于献身的大无畏精神至今仍在影响着一代又一代的人们。

1948年6月8日，董存瑞生前所在的东北野战军第11纵队党委决定：追认董存瑞同志为战斗英雄、模范共产党员；命名他生前所在部队6连6班为"董存瑞班"。

1948年7月10日，冀热察行署发布决定，将隆化中学改名为存瑞中学。

1950年9月，全国战斗英雄、劳动模范代表会议，追认董存瑞同志为全国战斗英雄。

英雄虽远去，但他的事迹却流传了下来。为纪念董存瑞的不朽功勋，董存瑞牺牲的隆化县和董存瑞的家乡怀来县分别修建了"董存瑞烈士陵园"和"董存瑞烈士纪念馆"。

1957年5月29日，朱德委员长为烈士陵园写下"舍身为国，永垂不朽"的题词。

1958年，隆化和怀来分别命名一个公社为"存瑞人民公社"。

1985年，中央军委副主席杨尚昆为董存瑞烈士雕像题词"董存瑞烈士永垂不朽"。

1996年，董存瑞烈士陵园被国家教委、总政治部等六部委认定为爱国主义教育基地。

1996年，经中央军委批准，将董存瑞烈士列为全军六大英模之一，画像在连级以上单位悬挂。

1997年，中宣部指定"董存瑞烈士陵园"为全国爱国主义教育示范基地。

2003年8月1日，由中央军委主席江泽民同志亲笔题写的"董存瑞纪念馆"在延吉市落成。

2005年，董存瑞的事迹又被列入人民网视听专题——"永远的丰碑"人物。

2009年，董存瑞入选由中央宣传部、中央组织部等11个部门联合组织开展评选出的"100位为新中国成立作出突出贡献的英雄模范人物"。

60年来，关于英雄董存瑞的故事，一直在以各种方式传播着。

1955年，长春电影制片厂拍摄了以战斗英雄董存瑞事迹创作的人物传记片《董存瑞》。

1972年，河北人民出版社出版了连环画《董存瑞》。

2010年1月，河北电视台、八一电影制片厂联合摄制，由王宝强主演的反映战斗英雄董存瑞事迹的电视连续剧《为了新中国前进》，作为中宣部50部建国六十周年献礼片之一的重点剧目在中央电视台开播。

多年来，数十家出版社以绘画、人物传记等各种形式出版了关于董存瑞的文学作品。

董存瑞是中华民族历史上出现的众多英雄之一，他是中华民族的脊梁式人物，他的精神永存，他的事迹必将被一代代的中国人传颂。

宝瓶的传说

在中国广袤的土地上,有一个地理位置上靠近东北的地方——察哈尔省怀来县(今河北省怀来县)南山堡村,这是一个和普通的山区村庄一样的小村子,数百年来祖祖辈辈的人们在这里耕耘、收获,过着自给自足的农耕生活。因为一个英雄的出现,这里才广为人知,这个英雄就是董存瑞,他出生于1929年10月15日。

在董存瑞出生之前,南山堡一直流传着一个宝瓶的故事:

从前,南山堡村的高山上,有一股清清的泉水。潺潺的泉水,像唱着歌儿一样,蹦蹦跳跳地从山上流到山下,遇到石头会跳过去,水花四溅。泉水清澈、甘甜,养育着这里的人们。因为有水,村子四周的高山上荆棘丛生、树木茂盛，几百年来人们在山上开采出的土地都能得到灌溉，尽管多是沙石地，但也能种出好庄稼，勤劳的人们过着丰衣足食的生活。那时这里的村民都姓张，自然繁衍，人口越来越多。不久，村子里来了一个李姓恶棍，他霸占了南山堡，把张姓人赶到了贫瘠的羊角山。老天看不过李家的霸道，派了一个神仙，手拿一个宝瓶，把南山堡的泉水收走倒在了羊角山，这样一来，南山堡的泉水干涸了，羊角山成了绿油油的丰饶之地。故事并没有结尾，这是传统的中国民间故事中的劝善故事，好人得到好报，恶霸得到惩罚。人们愿意相信这样一个故事，愿意相信人间有神灵掌管着是非善恶。

　　人们已经说不清这个故事流传多少年了，在这里生活的人们不知道究竟是张姓还是李姓的后代，无论姓张、姓李，还是姓董，数百年间人们的迁徙、融合是一直在进行的，他们并不知道泉水叮咚、土地富饶的羊角山的人们是怎样生活的，但他们知道自己的祖辈是怎样生活的：层层的梯田，都是祖祖辈辈用肩扛手垒造就的，是他们付出血汗，不断与自然环境斗争得来的。村口龙王庙旁边那棵老榆树已经有一搂多粗，榆树上的那口古钟标识的铸造年代——乾隆六年五月（1741年）——到董存瑞出生的1929年，已经过去了近200年。岁月流转，山河变迁，尽管"宝瓶把水装走了"，但是人们还是在这块土地上生活着，他们在房前屋后都栽上了柳树、榆树、椿树、杨树，以及各种各样的果树，他们喜欢自己的家园，更期盼再有仙人把宝瓶拿到南山堡。所以宝瓶的故事就一直流传着，董存瑞也从父母口中知道了这个故事，他们喜欢故事中的正义战胜邪恶，善良者最终胜过恶棍，这也是中国传统教育中的善恶、美丑的灌输，人们在故事中渐渐长大，学会做人。但是像董存瑞一样的孩子，在童年也一定会想一个问题，假如老天爷没有派人把宝瓶拿走，南山堡一定是一个美丽富饶的地方，他们的生活也就会更加美好，父母也不必在干旱的土地上洒下那么多的汗水，而收获又是那样的微薄。也许讲故事的老人们也会这样想：宝瓶，你在哪里？现在的人们已经不是以前那些欺负弱小的恶棍了，宝瓶归来吧！但是这样的呼唤只有在心中，丝毫不会有任何效果。

尽管干旱少雨、土地贫瘠，但人们还是热爱着自己的家园，憧憬着美好的生活，更是用勤劳来弥补自然条件的不足。至于那个能让泉水流淌的宝瓶，他们知道一旦失去，就再难拥有。

历史风云中的1929年

董存瑞出生的1929年,在中国历史上也是一个普通的年份,但是此前或此后发生的一些事情,几乎注定了董存瑞的命运。20世纪的前十年,风起云涌,已经统治华夏大地260多年的清政府,腐败横行,贪贿成风,尤其是垂帘听政的慈禧太后。她通过垂帘听政,操纵同治、光绪两朝皇帝,掌握清朝朝政达47年之久。

时至今日,人们还对那场发生在清朝末年的中日甲午海战"记忆犹新",这场被无数电影和教科书提及的战争以清军败北收局,并让日本人割走了台湾。

虽然战争失败的原因是多重的,并非仅仅是因为慈禧挪用军费,但慈禧大寿上的奢华场景和黄海上漂浮的清兵的残尸形成巨大对比,此后清政府开始不得民心。

曾经被称为盛世的康熙、雍正、乾隆王朝,已然远去,一个被称为"老大帝国"的王朝已经摇摇欲坠了。自从1840年鸦片战争以来,中国经受了两次鸦片战争。1895年中日甲午战争中战败的中国,签下了屈辱的《马关条约》,割地赔款已经不能阻止清政府的崩溃了。1900~1901年,英、法、俄、美、日、德、意、奥等国侵略中国,逼迫清政府签订了《辛丑条约》。《辛丑条约》给中国人民增加了新的沉重负担,严重损害了中国的主权。从此,清政府完全成为帝国主义统治中国的工具,中国完全沦为半殖民地半封建社会。

1911年,中国发生了辛亥革命,推翻了统治中国2000多年的封建君主专制制度,建立了亚洲第一个民主共和国——中华民国。所以,1911年出现了20世纪中国第一次历史剧变。

八年后,中国爆发了"五四运动"。五四运动的导火索是巴黎和会上中国外交的失败,是中国人民彻底的反对帝国主义、封建主义的爱国运动。由于五四运动是在新的社会历史条件下发生的,它具有以辛亥革命为代表的旧民主主义革命所不具备的一些特点。五四运动表现了反帝反封建的彻底性;五四运动是一次真正的群众运动。如果说,辛亥革命的根本弱点之一,是没有广泛地动员和组织群众,那么,五四运动本身就是一场群众性的革命运动。中国工人阶级、学生群众和新兴的民族资产阶级都参加到了运动中;五四运动促进了马克思主义在中国的传播及其与中国工人运动的结合;五四运动是由学生先发起,由工人扩大的坚决的反帝运动,是无产阶级领导的新民主主义革命;五四运动是新民主主义革命阶段的开端。五四运动对中国共产党的诞生起了重要的作用，同时它对现在中国共产党领导下的中国社会亦有着不可低估之影响。

五四运动之后的两年，即1921年，中国共产党成立了，中国共产党的成立是中国历史上开天辟地的大事，它使中国革命的面貌焕然一新。董存瑞出生的前一年，即1928年，共产党建立了自己的军队——中国工农红军。

董存瑞出生的10月15日，是农历九月十三，中秋节过去还不到一个月，寒露刚刚过去几天，已是深秋，萧瑟的秋风已刮起来了，收秋种麦基本结束，农活已经不太忙了。

29岁的董全忠和妻子孙珍热切地盼望着这个孩子的降生，希望他是个男孩儿，因为此前他们已经生下了三个女儿，大女儿董存娥，二女儿董存英，三女儿已经夭折，在当时中国的农村没有儿子在人前就抬不起头来——这是重男轻女、传宗接代的旧思想在作怪，怨不得他们。农村的农活儿多，没有个男孩子顶门立户，等到老人做不了庄稼地里的重活儿，日常生活都成问题，所以他们很期望生下一个儿子。果然天遂人愿，第四个孩子是个男孩，他们给这个宝贝儿子起名董存瑞，小名叫"四蛋子"，农村孩子的小名，一半是就地取材，或者越粗陋越好，为的是好养活。

计惩地主刘大肚子

董存瑞虽被全家视为宝贝,但由于家境贫寒,不能上学念书,从七岁起就随父亲和姐姐们下地干活。春天给苗薅草;秋天拾谷穗儿、拣秫秸;入冬后,扛上小扁担跟随父亲上南山砍柴。干活累了,父亲就装上一袋烟,一边抽一边津津有味地讲上一段"刘关张桃园三结义"或是"空城计诸葛亮吓走司马懿",要么就是"武松打虎""大禹治水三过家门而不入"的故事,董存瑞瞪着大眼睛,托着腮帮子听得入迷。

董存瑞风里跑,雨里钻,长得敦敦实实。他机灵、顽皮、胆子大。村头有棵大柳树,树下有水坑,有个小伙伴调皮地问董存瑞:"你敢爬上去再跳下来吗?"董存瑞抬头看了看,一句话没说,往手心里啐两口唾沫,"蹭蹭蹭"地爬了上去。小伙伴们看到他真的要跳,吓得直叫:"别跳了!算你赢了还不行吗?""不算不算,不能来假的!"说着,他从几丈高的大树上跳进水坑里。他这股倔犟劲儿,小伙伴又怕又服。因此,他成了南山堡的孩子王。

1937年七七事变后,日本侵略军于8月末占领了沙城(今怀来县城,距南山堡村9公里)。南山堡外号刘大肚子的地主刘有祥当了汉奸,组织了维持会。日伪军三天两头到村里抓丁派夫,要钱要粮,老百姓更加苦不堪言。这一切都在董存瑞幼小的心灵里埋下了仇恨的种子。他痛恨日本侵略者,痛恨地主、汉奸。

1940年冬,八路军在平北地区建立了抗日民主政权——龙(关)延(庆)怀(来)联合县政府。南山堡划归龙延怀联合县第三区。有一次,八路军的队伍来到南山堡,庆祝战斗胜利,宣传抗日道理。战士们扭起大秧歌,村里的孩子们躲在大人身后,好奇地看着,可胆大的董存瑞却跟在秧歌队后面学着战士们的样子尽情地扭。他一会儿摸摸这个战士的枪,一会儿和那个战士逗两句嘴。从战士嘴里,他知道了八路军是打日本鬼子和汉奸的,是解放穷人的队伍。

1942年春,三区在南山堡办起了一所小学校。董存瑞高兴极了,每天和伙伴们去上学。有一个姓杨的老师对孩子们特别好,他教他们识字、唱歌,有时还给他们讲故事。可是,地主刘有祥说杨老师"私通八路",指使爪牙抓走了杨老师。孩子们失学了,董存瑞和小伙伴们恨死了这个汉奸地主。

董存瑞更是对刘大肚子充满仇恨,事情还要从董存瑞7岁那年说起。

董存瑞7岁那年,就跟着家里人干起了繁重的庄稼活儿。风里来、雨里去，终于碰上了一个好收成的年头。这年秋天，正当董存瑞一家沉浸在丰收的喜悦中，刘大肚子带着人到他家，以交租和还债的理由将粮食抢了个精光。

一家人辛辛苦苦劳作一年，剩下的粮食根本不够过日子，母亲和姐姐们难过得哭了。年幼的董存瑞不明白，刘大肚子从来不干活，穿着绫罗绸缎，吃着山珍海味。而自己一家和村里的其他穷人一样，一年累死累活，只能够吃糠咽菜，到头来还要受他的欺负。他问父亲，这是为什么？老实的父亲只能说自己家生来命穷，这都是自己的命，别的也说不出什么来。董存瑞并不满意这个答案，他心里对刘大肚子充满愤恨，想着一定找机会好好收拾一下这个恶霸地主。

董存瑞在村里的小伙伴中年龄不是最大的，但是他的胆子大，人又机灵，很多孩子都喜欢和他一起玩耍，董存瑞俨然是孩子王。他把村里的穷苦孩子叫到一起，商量着收拾刘大肚子的方法，有的说烧他的房子，董存瑞摇摇头："他家房子宽，全烧着了，没准把左邻右舍的乡亲家一起烧了。"有的说朝他扔石头，有的说朝他放狗。董存瑞都摇头说："明着和他干，不但咱们要吃亏，家里人也会跟着遭殃！"

董存瑞有强烈的正义之感，也感觉应该收拾刘大肚子，但是他并不莽撞，想问题已经开始考虑后果，如果只图一时痛快，给家人和他人带来麻烦，那是绝对不能做的。他这么小的年纪就能考虑到一件事情的后果，这种和他的年龄不相符的成熟，足以说明董存瑞是个早熟的孩子。

正当大家一筹莫展的时候，董存瑞望着村子前边那棵大榆树，突然有了主意。

"什么办法？快说说！"孩子们显得急不可待。

董存瑞指着前方大榆树上的马蜂窝说："这个马蜂窝要是突然从上面掉下来，刚好砸在刘大肚子的脑袋上，你们觉得怎么样？"

小伙伴们拍着手哈哈大笑起来，他们明白了董存瑞的意思，都觉得这个主意很好。原来刘大肚子每天出来散步，都要从这里经过，有的时候还会在这棵树下坐一会儿。

董存瑞从兜里掏出妈妈纳鞋底用的麻绳，指着树上的大马蜂窝说："只要把麻绳拴在马蜂窝的根上，藏在一旁的草垛后，等刘大肚子前来就行了……"

一个孩子没等董存瑞说完，拿起麻绳就爬了上去，但没爬到一半就从树上滑下来了，手捂着脑袋说："不行，不行，这个办法我看行不通，马蜂太厉害了，围着脑袋嗡嗡叫，差点就被它蜇到了。"

另一个孩子抢过麻绳就要上树，董存瑞拦住他说："还是我上吧，我爬得快！"

董存瑞说完，把麻绳装在衣服兜里，两手抱住树干，像猴子一样，灵巧地爬上去了。他扯下线头，正要去拴马蜂窝，马峰受到刺激，几只马蜂朝他胳膊蜇去。董存瑞的身体不由晃了一下，就在大伙为他担心的时候，董存瑞已经拴好线头，顺着树干滑了下来。

"你的胳膊没事吧？"小伙伴担心地问。

董存瑞看了看已经红肿的胳膊说："没事儿，就当被蚂蚁咬了一口。"

就在这时，一个孩子说："快藏起来，刘大肚子出来了。"

董存瑞向孩子们挥挥手，大家立刻朝一旁的草垛里藏去。看到刘大肚子踱着四方步，一路摇摇晃晃地朝这边走来，董存瑞一手牵着线头，一手用手指压在嘴唇边，对紧张又有些兴奋的孩子们做了个不要出声的动作。

刘大肚子喜欢饭后在村里溜达溜达，这也是他最为得意的时刻，一手端着水烟袋，一手摇着大蒲扇，挺着大肚子，架子十足地在村里人的面前走过。看到谁不顺眼，就停下脚步训斥几句，村民们敢怒不敢言，只能逆来顺受。

董存瑞眼睛一眨也不敢眨，等刘大肚子走到榆树下，使劲一拉手里的麻绳，只听"啪"的一声，马蜂窝正好落在刘大肚子的脚下，成群的马蜂从窝里飞出来，将刘大肚子团团围住，刘大肚子被这突如其来的马蜂吓得魂飞胆破，他扔掉水烟袋，丢下大蒲扇，双手一会儿抱脑袋，一会儿捂屁股，疼得哇哇乱叫，连滚带爬，一口气跑回了家。草垛里的董存瑞和小伙伴们看见刘大肚子落荒而逃的惨样，捂着嘴笑了个够。

刘大肚子是全村人的公敌，也是全村小孩子最痛恨的人，所以自从董存瑞用马蜂窝教训了刘大肚子，董存瑞在小伙伴中的威信更高了，大家一致认为他遇事有主见、有办法，遇到事情都愿意和他商量。

董存瑞教训刘大肚子痛快淋漓，村里的孩子们仍然想着再找机会狠狠地教训刘大肚子，机会很快就来了。

　　一天，几个小伙伴到山里拾柴。一个小伙伴说："这几天刘大肚子到处抓人，说是给长安岭的日本鬼子修炮楼。"

　　董存瑞知道日本鬼子修炮楼，是用来对付反对他的共产党八路军的，所以打心眼儿里不愿意帮助日本鬼子，可是他很无奈，和刘大肚子不能直接对抗，只能暂时听他的。

　　董存瑞说："刘大肚子让俺家也出夫，俺爹不在家，他就让俺去，俺去了不到三天就跑回来了。"

　　"听说那里的鬼子看得可严了，你怎么跑回来的？"一个小伙伴惊讶地问。

　　"鬼子见我岁数小，就让我去背水，半路上我假装撒尿，趁他们不注意，一猫腰我就跑了回来！"

　　"跑回来就好，就怕刘大肚子饶不过你。"

　　董存瑞挥挥手中的砍柴刀说："哼，他不饶我，我还不想饶他呢！"

　　"我想了个办法，"董存瑞小声地说，"咱再整那老东西一回，让他再也不敢随便欺负人。"

　　"啥办法？还用马蜂窝？"

　　"再用马蜂窝肯定不灵了，咱们得换个法子。"

　　董存瑞想了想接着说："你们谁家还留着过年的鞭炮，都给我送过来，明天就是七月十五，是给祖坟上香的日子，刘大肚子一定会给他的祖宗烧香磕头，咱们做个大炮仗给他。"

"你是想炸他?"一个小伙伴兴奋地问。

"到时候你就知道啦!"董存瑞别看年岁不大,吊人胃口的本领却不小,他故意卖了个关子。

小伙伴们立即回家找过年留下的鞭炮。七月十五中元节,董存瑞和几个小伙伴出了村口,直奔刘大肚子家的祖坟。

到了坟地,董存瑞让人把风,然后从怀里掏出一个纸包:"这是我用鞭炮里的火药做的土炸弹,今天一定让刘大肚子尝尝我们的厉害,炸不死他也会把他吓个半死。"

"咋让它响呢?"

董存瑞笑着说:"一会儿你就知道了。"

董存瑞说完立即动手,在刘大肚子家祖坟前的供桌下挖了一个坑,将"土炸弹"放了进去,又用土埋好,铺上一层干草,最后将"土炸弹"的引信掩藏在干草中。

很快,望风的小伙伴前来通知,刘大肚子带着一家人出了村朝这边走过来了。

董存瑞迅速带着小伙伴藏到附近的山沟里。刘大肚子带着一家人走近坟地,他挺着大肚子,派头十足地让人摆供品,又是点香,又是烧纸,火苗很快点燃了供桌前的那层干草,正当刘大肚子向祖宗磕头的时候,只听"砰"的一声,供桌一下子炸翻了,刘大肚子面色如土,吓得像摊烂泥一样,和他的儿子一起瘫在地上,等缓过神以后,连滚带爬地跑回家去了。

刘大肚子被吓得大病一场,在家一连几天下不了床,他派人查了很久也没有查出到底是谁干的。

刘大肚子由于在村里太不得人心，没有人给他提供任何有价值的信息，再加上董存瑞他们做这些事情的时候，都是在很秘密的状态下干的，所以刘大肚子查来查去，一点头绪都找不到，他知道村里痛恨他的人不少，只能不了了之了。

在斗争中成长

1942年春,董存瑞13岁了。

日本鬼子隔三岔五来南山堡扫荡,进了村后不是抢粮食就是杀人放火。还把人集中在一起看管,叫"人圈"——这也是惨无人道的日本鬼子发明的一种灭绝人性的东西,当时在东北和华北的许多地方,日本人就用"人圈"的方式来"管理"当地的百姓。

董存瑞和乡亲们一样,恨透了日本鬼子,他渴望自己快点长大,到时候能像王主任那样,挎着盒子枪,出没在青纱帐,出其不意地朝鬼子下手,杀个痛快,好为乡亲们报仇。

王主任姓王名平,是新任中共三区区委书记,他来到南山堡开展工作。董存瑞很快就和他交上了朋友。王平经常给董存瑞和孩子们讲革命故事,还给他们讲三区第一任区委书记石裕民的英雄事迹。石裕民由于叛徒出卖被捕了,敌人对他严刑拷打,他绝不屈服。敌人让他指认村干部，他看着几个自己亲手培养起来的革命同志，一口咬定"不认识"。最后，敌人只好让叛徒出来对质。他大骂叛徒，并义正词严地回答敌人："怕死不是共产党。"

　　董存瑞特别喜欢听那些英雄的故事，听到共产党、八路军取得胜利心中就十分高兴，听到革命同志牺牲就十分悲痛，这些革命英雄的事迹在董存瑞的心里生根发芽了，尤其是区委书记石裕民说的"怕死不是共产党"的铮铮之言，对董存瑞影响最大。

　　在两人的交往中，王平也听说了董存瑞与鬼子、汉奸英勇斗争的事迹，认为董存瑞是一个好苗子，值得培养。于是王主任便经常住在董存瑞家里，给他讲解放区打土豪、分田地的故事，并教他唱歌、识字，引导他懂得一些革命道理。后来，王平每次来南山堡，都是住在董存瑞家，还给他讲了许多战斗故事。

　　王平主任所讲的这些故事，就像是一粒种子，逐渐在董存瑞的心里生根发芽，正处在少年时期的董存瑞是容易崇拜英雄的时候，也是人生观、世界观、价值观形成的时候，王平主任讲的这些故事、这些道理，都深埋在少年董存瑞的心里。他崇拜英雄，崇拜王主任，喜欢参加战斗，幻想着有一天自己能上阵杀敌。

　　很快过了深秋。一天下午，王平来到南山堡布置秋后的坚壁清野工作，还没有回到区上，外面突然响起了枪声，有人高喊，鬼子来了。董存瑞听了十分着急，对母亲说："王主任还在村里，我去找王主任！"

　　母亲见儿子焦急，跟着董存瑞往门外跑。刚出门口，就看见王平端着手枪急急忙忙跑了过来。原来他留在后面帮助民兵组织转移,这时鬼子已经将村子团团围住,没办法撤离了。

董存瑞见状,拉起王主任就朝自己家院里跑去。王平推开董存瑞的小手说:"不行,一会儿鬼子搜出来,会连累你们全家的!"说完提着枪就要冲出去。

冲出去的后果,只有一个,董存瑞很清楚,在这危急时刻,董存瑞毫不犹豫地死死关上大门,对王平说:"出去了你更跑不掉。"说完指了指院里的菜窖:"就藏在这里。"

王平摇了摇头:"这个鬼子都知道,来了就翻菜窖。"

董存瑞着急地说:"那藏到柴火垛里吧。"

王平还是摇了摇头。忽然,他看见院里有几卷破席子,对董存瑞说:"我藏到这里边,鬼子来了,让你开门你就开,千万不要怕,要沉住气,明白吗?"

董存瑞使劲儿点了点头。这时,院外传来脚步声,接着又响起了"咚咚咚"的砸门声和鬼子的狂叫。

董存瑞打开门,四五个鬼子端着明晃晃的刺刀冲了进来。随后,一个挎着洋刀的鬼子军官走进院里,他伸出手指比了个"八"字,问道:"这个的,有没有?"

董存瑞听出这家伙并不知道王主任藏在院里,心里稳了稳神,故意打岔说:"手枪?没有哇!"

军官气冲冲地说:"什么手枪?八路的,有没有?"

董存瑞坚定地回答:"没有,没有!"

鬼子先是拿出糖果哄骗,见软的不行,又拔出东洋刀威吓,董存瑞凭借从前听王平讲战斗故事的勇气,始终从容不迫地说

"没有""不知道",鬼子把屋里搜了个遍,结果什么也没搜到。

这时外面响起了哨音,鬼子兵要集合了。那个鬼子军官还不死心,四处张望,最后,敌军官瞄准了那几卷破席子,接着走了过去。

董存瑞心里一惊,感觉心都提到嗓子眼了。正准备上去拦住鬼子,突然想起王主任说过的话,马上又冷静下来,站着一动不动,一副若无其事的样子。

鬼子军官指了指破席子问:"这里,八路的有没有?"

董存瑞几步跑过去,赶忙机灵地随手抓起一卷又破又烂的席子,丢在鬼子面前,说:"这是囤粮食的破席卷,还能藏人?"

破席子打开,散发出一股霉味。鬼子军官捂着鼻子后退了几步,挥挥手,带着几个鬼子兵灰溜溜地离开了院子。

过了一会儿,等鬼子走远了,董存瑞才让王主任出来,他知道王主任安全了,他也很高兴,既为王主任的安全高兴,也对自己的表现满意。

王主任对机灵的董存瑞非常满意,后来只要来南山堡开展工作,他就带上董存瑞。一来二去,董存瑞认识了许多像王主任这样的八路军,王主任的言传身教对董存瑞的影响也是很深的,董存瑞在对敌斗争中逐渐成长起来。

董存瑞因此成了村里的名人,大家都知道他竟然在鬼子眼皮底下成功救助了八路军。

优秀的儿童团长

在王平的培养教育下,董存瑞的思想和见识远远超越了一般的孩子,参加抗日杀敌的愿望也越来越迫切。一天,董存瑞见到王平,着急地对他说:"杨家山、焦家沟都成立了儿童团,我们这边还没影呢!我们也要成立儿童团,配合民兵打鬼子和伪军!"

王平笑着说:"我来就是安排这件事的,晚上你把够条件的孩子都找来,咱们开个会,布置一下。"

董存瑞听了王平的话,十分高兴,他日夜盼望的"儿童团"就要成立了,自己也要成为光荣的儿童团员了,他觉得浑身充满了力量,高高兴兴地通知小伙伴们去了。

1943年春天的一个傍晚,南山堡的20多个穷孩子,聚集在村东头的一家场院里,由王平指导着,第一次在一起开会,成立了南山堡抗日儿童团,14岁的董存瑞被选为儿童团团长。

这以后,董存瑞挎上大木刀,拿起红缨枪,带领儿童团投入了火热的斗争生活。他们站岗放哨、查路条、送鸡毛信、火柴信,为八路军通风报信,配合减租减息运动,宣传发动群众,监视敌人,和汉奸地主的破坏活动进行了坚决的斗争。

在董存瑞领导下的儿童团,工作认真负责,成了民兵和八路军的有力帮手。

每当八路军打了胜仗,儿童团团员们都扭着秧歌,打着霸王鞭,欢庆胜利。董存瑞还多次跋山涉水,躲过日伪军的盘查,完成传递紧急情报的任务。为此,他经常受到区、村干部的表扬,董存瑞也感到非常光荣、非常自豪。

1944年,王家楼、长安岭等据点的日军到南山抓丁要夫,去修炮楼、挖战壕。董存瑞和几个小伙伴代替大人去应差。点名时,他们就藏在大人后面,站在石头上答应一声;干活时,他们就溜到山上去摘酸枣、采榛子,或到山沟里睡大觉。董存瑞对伙伴们说:"他们修炮楼、挖战壕,就是要打八路军,我们决不给他们干!"收工回家时,他推倒了几垛修炮楼用的土坯。村里人都说:"别看董存瑞他人小,对付敌人的点子可真不少!"

董存瑞不但工作积极,而且遇到事情肯动脑筋。那时,由于抗日军民通信手段落后,为了及时准确地报告敌人来袭的动向,各根据地军民便发明了用放倒"消息树"的办法来通报敌情。因为这个办法报警快速隐蔽,很难被敌人识破,所以"消息树"成为当时最好的通信办法之一。

在很多表现抗日战争的影视作品中,"消息树"是不可或缺的一个亮点，这是因为当时确实依靠"消息树"来传递信号，极大地方便了抗日军民掌握日军情况，为"跑反"做准备。

当时的"消息树"，一般是一个地方栽一棵，而南山堡却在帽顶山的同一个山头上栽着高低不同的两棵树，这正是他这个儿童团长董存瑞的发明。

负责放倒"消息树"一般是儿童团员的职责，南山堡儿童团刚成立的时候，山上也有一棵"消息树"。值班员以树的倒向，向乡亲们报告敌人来的方向。敌人的来向有时报告准确，但距离村子的远近说不清。这给转移带来了不便。具体来说就是：如果跑得早了，敌人半路改变行动方向，就白跑了；如果跑得晚了，就有被敌人包围的危险。

南山堡就发生过一些情况。有一次，乡亲们正在地里干活，突然发现帽顶山上的消息树向北倒了，乡亲们判断敌人肯定是从南面来"扫荡"了，于是男女老少急忙向北山跑去。结果在山上躲了大半天也不见村里有啥动静，原来敌人从沙城出发到义和堡岔口后，向西北的村子去了，让乡亲们虚惊一场。

每一次的"跑反"，都是一场惊心动魄的仓皇转移，很多人在转移过程中受伤，所以表面看上去消息不准给乡亲们带来的损失不大，但拖家带口的转移，绝非轻而易举，有时不仅仅是人财物的转移，大多时候还要带上饲养的牲畜、家禽等。

还有一回，人们发现消息树向南倒了，以为敌人会从北面回沙城，所以没有转移。可是没想到敌人走到二堡子临时改变计划，朝东拐了下去。由于敌人走在沙河大道上，地势比较低洼，放哨值班的儿童们在远处根本看不见。等到发现鬼子，还没跑出村就被包围了。敌人不但抓走了 4 个村干部，还抢走了 50 多只羊、10 多头大牲口，还有好多粮食和衣物等。这个沉重的打击，让身为儿童团长的董存瑞伤心了好多天。他认为，没有及时报告敌情是自己的责任。

为此，董存瑞好几天吃不下、睡不着。他想：是自己站岗放哨把消息树放晚了吗？不是啊，敌人刚一露头，团员们就急忙把消息树放倒了。肯定是敌人动作太快，临时改变了方向，乡亲们没来得及跑就被围住了。一定要想办法解决这个问题，要不乡亲们还会遭到偷袭的。

为了让消息树能告诉敌人来的方向，又能告知远近，他苦思冥想了好几天，最后终于想出了一个好办法：在同一个放哨的地方，栽上一高一低两棵"消息树"。放倒高的，是告诉乡亲们敌人来的方向；放倒低的，说明敌人离村已经很近了；如果高的低的同时放倒，就是说敌人不但离得近，而且人数很多，让大伙赶快行动。

董存瑞把自己的想法和村里的民兵队长说了，得到了支持，大家都说这个主意好。第二天，帽顶山上和其他放哨监视敌人的地方，都栽上了一高一低两棵"消息树"。

自此以后，南山堡的安全防范再没有出现过差错。董存瑞的这一发明创造受到了时任区委书记王平的高度赞扬，并把这一通信方法推广到其他村庄。

大家认为南山堡的这个做法很实用，纷纷积极实行。

在这火热的斗争中，日子过得很快，转眼夏去秋来，天高云淡，舒适的秋天到来了，中秋节快到了。董存瑞已经接连几天没有看到王平主任了，整天想他盼望他来给儿童团教歌和讲故事。过节那天，母亲给了董存瑞一块月饼，他没舍得吃，把月饼包好放在柜子里，准备等王平主任来了给他吃。

中秋节很快过去了，王平还是没有到南山堡来。一天中午，董存瑞从地里干活回来，在村里遇到第三区的一个干部，他拉住人家就问："王主任来了吗？"

"王主任……"区上的干部张了张嘴，半晌说不出话来。

"王主任怎么了？"董存瑞见这个干部神色不对劲，越来越着急。

"王主任……他……他牺牲了！"

这个晴天霹雳一样的消息来得太突然了，董存瑞惊呆了。他不敢相信这是真的，前些日子不是还听他讲过故事吗？可是那位干部悲痛的神色让他知道，这一切真的发生了。他心里一阵绞痛，忍不住失声痛哭起来。

人们聚集在大榆树下，听区上的这位干部讲王平主任牺牲的经过。

农历八月十八那天，王平和县里的一位姓郭的科长，在常庄子忙完工作已经是后半夜了。因为斗争形势紧张，他们决定连夜转移，刚到常寨子，正准备休息，外面传来一声枪响。两人提枪走出院门，借着月光发现，三面山头上都有敌人在活动，只有村南方向还平静。王主任立即带着郭科长从村南突围，谁知还是晚了一步，路口已被敌人封锁。敌人一见有人前来，不由分说，用机枪扫来一排子弹。王主任和郭科长各打出一梭子子弹后，见无法突围，只好退到附近一间空房子里。敌人一见只有两个八路军，气焰顿时嚣张起来，将空房子团团围住。双方相持了一顿饭的工夫，王主任和郭科长的子弹打光了，只剩下最后一颗手榴弹。敌人见屋里停止了射击，知道他们没有子弹了，便疯狗般地扑进了屋内。敌人没想到的是，他们冲进去以后，看到王主任和郭科长抱在一起，王主任手里举着一颗冒烟的手榴弹，只听"轰"的一声巨响，王主任和郭科长与扑进来的敌人同归于尽了。

　　听了王主任和郭科长壮烈牺牲的经过，董存瑞和儿童团的小伙伴都哭了。他握紧红缨枪，一口气冲上山腰，望着王主任牺牲的寨子的方向，流着泪发誓：王主任，这血不会白流的，等我长大了，一定要为你报仇！

出色的民兵

董存瑞满怀复仇的怒火,找到民兵指导员,激动地说:"指导员,我要当民兵!"

民兵指导员说:"你现在是儿童团团长,干好你的工作也是为革命做贡献,当民兵,还是等你长大了再说吧!"

董存瑞倔强地说:"不行,我现在就要当民兵,我要去杀鬼子和汉奸,我要给王主任报仇。"

董存瑞说到这里突然放声哭了起来。民兵指导员望着这个平时特别坚强的孩子哭得这么伤心,知道他平时和王平主任的感情深厚,一时也没办法劝他,就说:"这件事得开会研究才行,依我看,往后民兵出去活动,你可以跟着去,先锻炼锻炼。"

董存瑞见指导员这么爽快地答应了,便回家开始准备。可一连好几天过去了,左等右盼,也不见指导员来通知他参加民兵的活动。一打听，才知道武委会开会时，很多人认为他年纪太小，对敌斗争又十分艰险，要是让他一起参加活动，容易出问题。

董存瑞不甘心，想了半天，终于有了主意。

一天晚上，南山堡的民兵要到安营堡附近据点去执行"破交"任务，队伍走出村口不远，指导员发现后方有个人影跟着，不紧不慢，总和队伍保持一定距离。指导员故意慢下来，藏住身形，后面的人影紧追了几步，指导员一把将其抓住，结果发现是董存瑞，便问道："怎么是你？谁叫你跟上来的？"

董存瑞见指导员发现了他的踪迹，张口就问："前几天你当面答应的，说有任务叫上我，你为什么说话不算数？"

指导员一时哑口无言，心想，董存瑞年纪虽小，但说话办事有板有眼，只是年纪实在太小，生怕他执行任务时耍孩子气闹出乱子来，不过要是好好锻炼锻炼，倒是个好苗子。于是和民兵队长商量了一下，转身对董存瑞说："你跟着也行，不过有一条，必须坚决服从命令，叫你干啥就干啥，这是纪律，你能答应吗？"

董存瑞听出这是同意他一起去的意思，高兴地回答道："坚决服从命令，听从指挥！"说完，董存瑞就兴高采烈地跑到民兵队伍中，朝前方的目的地行进。

队伍行进到离安营堡据点只有五公里的地方时，董存瑞接到指导员的命令，他和另一个民兵去给敌人据点送假情报，掩护民兵顺利完成"破交"任务。

领了任务，董存瑞立即跟着那个民兵悄悄来到安营堡据点外的一个炮楼前，只见四周很安静，炮楼的小门紧闭，两个伪军正在站岗。

董存瑞望着两个伪军,想起他们平时在乡亲们面前耀武扬威的样子就来气,恨不得捡起石头朝他们扔去。但一想,这是头一回参加民兵活动,弄不好下次就别想跟着执行任务了,便按下心里的念头。他们藏在草丛观察一会儿之后,并没有发现其他情况,民兵示意他跟着朝前走,于是两人朝着公路大摇大摆向前走去。两个伪军发现前方有人,立即吆喝起来:"站住,干什么的?"

"送情报的。"

"哪个村的?"

"永安村的。"

两个伪军满怀戒备地用手电筒朝下照了照,发现是一个大人领着一个小孩,神情顿时轻松下来,然后把一个系着口袋的绳子放了下来,指着那个民兵喊道:

"你原地别动,让那个小孩把信放进去。"

董存瑞毫不畏惧地从民兵手里拿过信,走过去将信放进口袋里。

伪军把口袋拉了上去,借着手电筒的光亮看完之后骂道:"又是太平无事!可八路天天闹事,你们送的肯定是假情报!"

同行的民兵立即回答道:"老总,情报是真的,不信你去问李保长,是他让我们送来的!"

伪军呵斥道:"谁让你多话了,让那个小孩说。"

董存瑞不紧不慢地回答道:"老总,情报是真的……"接着他按民兵指导员事先编好的那套说辞,把"情报"的来龙去脉说得滴水不漏。

董存瑞冷静理智的回答，使敌人完全陷入了民兵指导员设好的圈套，不知不觉中董存瑞就完成了特殊的任务。

两个伪军知道，永安村有个姓李的家伙，是个汉奸，被鬼子委任为保长，一般他派人送来的情报不会假，而从这个小孩的话里他也听不出任何破绽，便摆摆手说："好啦，回去吧！"

董存瑞转身和那个民兵沿着公路走了回去，不一会儿，又顺着小路返了回来，隐身藏在草丛里，监视着敌人的一举一动，直到民兵们顺利完成"破交"任务。

董存瑞这次的表现，受到民兵们的赞扬，都说他够格当一个真正的民兵了。打这以后，南山堡的民兵每次出去活动，董存瑞都跟着去。武委会重新改选了儿童团团长，董存瑞正式加入了南山堡民兵连。

正式加入民兵连以后，董存瑞心里别提有多美了，经常在小伙伴面前炫耀自己"八路"的身份。指导员发现后，告诉他目前还算不上真正的"八路"，最多只是一个"见习八路"，只有在战场上立功杀敌后，才算真正的"八路"。

董存瑞心中一直记着为王主任报仇的事情，他对日伪军的仇恨丝毫不曾有半点消解。

董存瑞暗下决心，一定要练好杀敌本领，成为一名真正的"八路"，那样就可以替王主任报仇。一有机会，他就请老民兵教他投手榴弹、打枪。没过多久，他的几般"武艺"样样在行，看起来很像一个老民兵了，他渴望在战斗任务中一展身手。但是董存瑞真正成熟起来，像老民兵那样执行战斗任务，还是经历了一番锻炼过程的。

一天夜里，董存瑞参加沙城外围的"破交"行动，他被分配担任警戒任务。他看见远处城墙上有个站岗的鬼子，想起王主任的大仇还未报，怒火中烧。他决定干掉这个鬼子，替王主任报仇。他耐着性子在草丛里等了半天，见大家已经完成任务准备回撤，心想任务已经完成了，便决定行动，于是就朝着城墙摸了过去。带队执行任务的武委会主任发现时，已经来不及了，又不敢大声喊他回来。就在这时，已摸到城墙边的董存瑞站了起来，朝敌人扔去一颗手榴弹，可惜，由于年纪小，臂力不够，手榴弹在城墙下爆炸了。这下可捅了"马蜂窝"，鬼子哨兵慌忙开了枪，惊醒了炮楼里的其他鬼子。敌人的机枪和步枪同时响了起来。武委会主任趁敌人还没有发现董存瑞的藏身之所，飞扑过去，一把将他拉进了青纱帐。队伍边打边撤，最后总算安全回到了村里。

"破交"任务虽然圆满完成，董存瑞的行动却遭到了大家的强烈批评。

民兵们围在一起开会，整个过程充满了火药味。大家你一言我一语，一个接一个发了言。

"同志，你现在是民兵，不是孩子啦。毛主席制定的'三大纪律八项注意'的第一条，就是一切行动听指挥，不能自己想怎么着就怎么着。"

"为王主任报仇没错，可这不是你一个人的事，单枪匹马，靠你扔一颗手榴弹就能把这些鬼子都杀了吗？"

"就因为你的擅自行动,差点让我们所有同志都暴露在敌人面前,你想到过这个问题的严重性没有?"

董存瑞一开始觉得自己很委屈,为王主任报仇,想着杀鬼子有什么错?可是听着听着,他的心里敞亮了,觉得同志们的批评很对,因为自己的莽撞,差点给同志们带来损失,自己的私下行动确实惹出了大祸,如果不是同志们紧急救援,采取积极措施,后果不堪设想,他越想越后悔,后悔自己擅自行动。大家发完言以后,董存瑞虚心承认了自己的错误,并请同志们监督帮助,保证今后绝不会再出现此类问题。

经历这件事以后,董存瑞变得沉稳了许多。他处处严格要求自己,和南山堡的民兵们一起,入虎穴、抓汉奸、送情报、察敌情。每次执行任务时,哪里最危险,哪里就有他的身影。

董存瑞本来就是一个很优秀的儿童团长,现在在民兵组织当中,由于接受了此前的教训,在执行各项任务中,董存瑞总有出色的表现,深受大家的喜爱。

一次,南山堡的民兵接到破坏敌人通讯线路的任务。他们夜里锯断了敌人的电线杆,可是第二天敌人又把被锯倒的电线杆重新竖了起来,架上电话线。民兵们坐在一起商量,如何才能彻底破坏敌人的通讯线路,大家商量了很久,都没想出好法子。董存瑞坐在一堆大人中间,始终没有插上话,最后见大家愁眉苦脸的样子,脑子一转,想出个点子,说:"下回咱们割完电话线再埋上地雷,敌人再来架线,就让他们啃'铁西瓜',这样既破坏了电话线,还能捎带干掉几个鬼子,多好!"

大人们都觉得这个点子够绝，于是就照董存瑞说的去做。不但掐断了敌人的通讯联络，还炸掉了查线的鬼子兵，吓得他们再也不敢随便出来。

两年过去了，随着年龄的增长，阅历的增加，董存瑞终于从一名孩子锻炼成长为一名出色的民兵。

我要当兵

1945年夏天,董存瑞所在的民兵组织活动的地区扩大到平绥铁路沿线,配合八路军大部队作战行动的次数也越来越多。

南山堡的民兵接到上级命令,赶到区里去开会。到区里后,董存瑞看到这里已经集结了很多八路军部队,有的战士在擦枪,有的战士在整理行装,还有的战士在帮助老乡挑水、打扫院子。看到这些精神抖擞的八路军战士,董存瑞心里别提有多羡慕了。经过一个村子时,看到一个八路军战士正在擦枪,董存瑞禁不住停下来,蹲在路边看人家擦枪,然后趁他不注意的时候伸手摸了摸枪身。

八路军战士见是一个半大小伙子,还以为是村里的孩子,就说:"小朋友,别乱动,这可是真家伙!"

"谁是小朋友?你以为就你会打枪啊,这枪我也会使。"

"口气不小,你还没枪高呢,敢吹这么大的牛?"这个战士见董存瑞憨憨的大圆脸挺可爱,便笑着和他开起了玩笑。

董存瑞站起来踮了踮脚尖,"谁说我没有枪高呢?你看,高出一大截呢!告诉你,有志不在身高,我当民兵都好几年了,是正儿八经的老民兵。"

"呦,不得了!"八路军战士竖起大拇指,"好样的,没看出来!"

"那你把枪借给我看看,这枪可真不赖,比我们民兵队伍里使的枪好多了!"董存瑞央求道。

"那可不行,"八路军战士一把把枪拿了起来,生怕董存瑞会抢似的说道:"枪是战士的生命,这枪还是我在战场上从敌人手里夺过来的,不能随便借给别人!"

八路军战士说的既是真实的心里话,他的动作也略显夸张,也带着和董存瑞开玩笑的成分在里面。

"有什么了不起,等我当了兵,一定会从敌人手里缴获一把称手的家伙,没准比你的还好呢?"董存瑞说完,不服气地离去。

八路军战士并不计较,继续专心地擦着自己的枪。

同年8月,董存瑞完成了他人生的重大转折。

将满16岁的他,此时听到一个渴望已久的消息:上级又来征兵了。年年征兵嫌他小,今年自己已经虚岁17了,肯定能行!于是就在这天,他瞒着父母,与本村的3个小伙伴一起,向龙延怀第三区民主政府所在地杨家山走去,他要实现他参军的愿望。

董存瑞穿着大襟土布上衣和黑粗布裤子,扎着裤脚。他个子不高，胖墩墩的，但看上去很精干。大眼睛，单眼皮，颧骨突出，厚嘴唇。一笑就露出一对虎牙和两个酒窝，走起路来也风风火火。

一路上，他情绪高涨，信心十足。别看他年龄不大，经历却很丰富。在村里当过儿童团团长，后来又当过民兵，参加过许多区委组织的打击当地日伪军的活动。对此，第三区区委书记兼武委会主任王福堂最了解。董存瑞认为，只要王书记批准，这正式的八路军战士就算当定了。

他这个山里娃，虽然没多少文化，但隐隐约约感觉到这一年非同小可。这一年，德国法西斯宣布无条件投降；美军在日本广岛投下了一枚代号"小男孩"的原子弹；苏联正式对日本宣战；毛主席发表《对日寇的最后一战》，号召中国人民的一切抗日力量举行全国规模的大反攻；日本宣布向同盟国无条件投降。

这一切，意味着持续14年的中国抗日战争已经结束，世界反法西斯战争取得胜利。

对这些，董存瑞不是很明白，但在抗日烽火中长大的他知道，日本侵略者已经投降，国内外形势正在发生深刻的变化。自己一定要参加八路军，成为一名光荣的人民战士，只有这样，才能有大的出息，真正为家乡父老争光。

盼望已久的这一天终于到来了，17岁的董存瑞，已经不想再等待了，他要实现自己的当兵理想，这曾是他梦寐以求的，多少个日日夜夜，他都梦到自己当了一名八路军战士，在战场上和战友们与敌人展开决战，但醒来总是一阵惆怅。

董存瑞来到区委，直接找到了王福堂书记，见面就提出："王书记,我要当兵去!"

"着啥急呀,还是再等两年吧!"王书记故意不紧不慢地笑着说。

"再等两年?日本鬼子已经投降了,哪还有敌人打啊!"董存瑞说这话时,急得脖梗子都红了。

"看你急的,你还小,16岁还不够。"

"都17啦!属小龙的。"说话间,董存瑞故意挺直了身子,脚跟也随着踮得老高,由于紧张,趔趄了几下,差点摔倒。

"17?属小龙的?"王书记掰着指头数了数:"不对,属小龙的今年不到17岁呢,明年再来吧!"

董存瑞一听就急了,上前梗着脖子说道:"我们那里都是这样算的,算虚岁,不信你去问问。"

见此情景,王福堂哈哈笑了起来。他早就认识董存瑞,知道他有这股执着劲儿。他想要干什么事情,你就是调来八匹马也拉不回去。王福堂书记和董存瑞有过接触,他打心眼儿里喜欢这个小伙子,也能看出董存瑞是棵好苗子。他故意和董存瑞开着玩笑,看到董存瑞那急吼吼的样子,他确定董存瑞是真心要参军。

于是,王书记不再和董存瑞开玩笑,他亲自把董存瑞送到第三区区小队,并鼓励他说:"部队和咱们的自卫队不一样,要求会更高,你要努力学习,不断进步,为咱穷苦的家乡人争光。"

董存瑞胸脯一挺说:"王书记,你放心,我一定按照你的话去做,多立功,立大功,不会给你丢脸的!"

王书记说:"我相信你,当兵后,家里的事情不要挂念,我会经常去看望你父母亲的，作为军属，有什么困难，政府也会主动帮助的。"

提起父母，董存瑞不禁流下眼泪。他对王福堂说："王书记，请您把我当兵的事情告诉我的父母，做做他们的工作，替我赔个不是，我来当兵他们还不知道呢！请他们放心，我一定会按照您说的去做，在部队干出个样儿来的。"

"好，我知道了，你放心去吧！"王书记安慰他说。

枪的故事

董存瑞到区小队不久，被编到龙延怀县大队。在几次配合大部队作战中，他机智勇敢，总是冲锋在前。部队首长和战友们都夸他是战场上的"小老虎"。

虽然罪恶的日本侵略者投降了，14年艰苦卓绝的抗战胜利了，但在全国不少地方，形势依然严峻，内战的暗流开始涌动，和平并没有随着日本的投降而真正到来。原本已宣布投降的日本军队也并没有放下屠刀，立刻息战，有的仍在顽固地与八路军、新四军作战。

面对这种情况，只有拿起手中的枪，给日伪军更猛烈的打击，打到他们没有战斗能力为止，正因为如此，冀热辽所属部队在华北战场上继续打击负隅顽抗的日伪军。

1945年8月20日，县大队领受了作战任务：配合主力部队解放沙城镇。

当时,沙城镇有日军一个中队和一个伪军大队,共300多人,而我主力部队加上地方部队共有500多人。县大队和第三区全体干部、自卫队、基干民兵队一起,奉命进入离沙城镇不远的宗家洼地区待命行动。

这是董存瑞入伍后参加的第一场战斗,他和许多新兵一样,摩拳擦掌,心情十分激动,又兴奋,又有些莫名的情绪,说不上是什么样的心情,他并不知道真正的战斗是什么样的,想想自己听过那么多战斗的场面,更多的是期待吧!

他看看老战士,又看看自己,一时挺着急。为什么呢?原来他们这批刚补充来的新兵,还没穿上军装,也没有领到枪,眼看就要参加战斗了,还是两手空空,总不能赤手空拳去跟敌人打仗吧。其他新兵也一样着急,就问当过民兵的董存瑞,怎么办?董存瑞说:"还能咋办?当然是去找连队要啊!"其他新兵不敢去,就推举董存瑞去连部要枪。董存瑞是个急性子,他三步并作两步跑到连部,见到连长就说:"连长,我要枪,仗马上就要开打了,我们新兵还没有枪,同志们让我来问问,什么时候发枪?"

"要枪?"连长看着董存瑞一副着急的样子,笑着说:"着急了?"

"咋不着急呢?马上就要打起来了,我手上还没有称手的家伙怎么行呢?"

"不急,到了时候自然会给你发枪的!"连长说完神秘地笑了笑。

董存瑞以为到时真的会发枪给他，非常激动和期盼。谁知事与愿违，连队只发给他两颗手榴弹。不仅如此，连队虽有百十号人，可有枪的只不过二三十人，而且枪型不同，枪的长短不一，有汉阳造、三八大盖，甚至还有猎枪。许多老兵背上插着大刀，手里拿着长矛，这是怎么回事呢？

在连队战前动员会上，董存瑞终于了解到，虽然他们穿上了军装当了兵，可部队的武器装备十分缺乏，八路军手中的枪基本上都是靠战士们在战场上从敌人手中缴获的。连队武器虽然五花八门，可每一件武器背后都有一个勇敢顽强的战斗故事。不仅县大队的武装是如此，即使是我军正规部队的装备，也是通过这样的途径得来的。因此，想要枪，就必须充分调动自己的主观能动性，勇敢积极地到战场上去获取，想方设法用敌人的装备来武装自己。

知道了这些之后，董存瑞就打定主意，自己也会到战场上从敌人的手里取得一把趁手的武器的，他有信心，解决枪的问题成了他的当务之急。

22日上午10时，期待已久的战斗终于打响了，在一阵冲锋号响过后，部队开始向沙城发起总攻。由于我军准备充分，攻势凌厉，又加在数量上占据优势，总攻一开始，战斗就出现了一边倒的形势。我军战士个个都像出山的猛虎，敌人被这气势吓倒，没有一点战斗的意志。战斗刚开始，敌人见势不妙，稍做抵抗就纷纷弃城逃窜。

想象中的战斗并没有真正开始，就接近尾声了，于是接下来就是我军对敌军的追击战。在追击战斗中，董存瑞一马当先，勇往直前，表现得非常勇敢。

他发现一个鬼子兵钻进了一个庭院内，便独自追了上去。谁知刚跨入门内，便有子弹射在了门框上。他没有硬闯，而是就地一滚，躲到了门外，然后顺手将一枚手榴弹扔过去。只听"轰"的一声，那个鬼子就一命呜呼了。董存瑞赶紧进去找敌人的枪，没想到刚才那颗手榴弹在炸死敌人的同时，那支枪也受到了损坏，已经没法使用了，董存瑞感到十分遗憾，只能无奈把手中不能使用的破枪扔掉，继续参加战斗。

从院子里出来后，董存瑞又立即随部队追到城外，这时他发现前方不远的一个土坎后面，有个火力点正疯狂地射出密集的子弹，把队伍压在一片小树林里，他迅速从侧翼绕了过去，结果发现有4个敌人正趴在那儿射击，以掩护大股敌人溃逃。董存瑞恨得牙根痒痒，手里要是有支枪就好了。可是现在手上只有一颗手榴弹，怎么办呢？这时他脑瓜一转，便悄悄地从侧翼向敌人爬去，离敌人背后只有几米远时，他突然站起来，举起手榴弹，大声喝道："缴枪不杀，快快投降！"敌人吓了一跳，压根没想到八路军已经抄到了身后。正在敌人不知所措的时候，前方被火力压制的八路军战士冲了上来，被董存瑞这一喝，还没反应过来的敌人只好乖乖地举枪投降了。

董存瑞正要去缴敌人的枪，没想到已经有几个战士先他一步取下了敌人手里的枪，并笑着对他说："小同志，这枪背着沉，还是我来吧！"董存瑞正要和他们理论几句，那几个战士已经背着缴来的枪，匆匆离去了。就这样，董存瑞渴望在战场上缴获一支枪的愿望再次破灭了,董存瑞的心中是多么的不甘啊!但现实就是这样残酷,董存瑞心想:今后有的是机会,只要还能有机会参加战斗,弄到枪只是时间问题。

战斗结束后,董存瑞跟着几名战士走进一座敌人的军需仓库。仓库里堆满了军用物资,还有日寇的毛毯、皮鞋等。董存瑞一边和大家清理这些物品,一面留心找着枪。眼看活儿要干完的时候,他偶然在墙角下踩到一个硬邦邦的东西,急忙捡起来一看,好家伙,原来是一支崭新的小手枪。他努力压制住内心的狂喜,又仔细看了看,发现这支手枪跟他以前见过的王八盒子不一样,要小巧和漂亮许多。他并不知道这个手枪的具体名字,见没人注意到,他赶紧把枪别在腰里。

回到驻地后,董存瑞兴奋地拿出那把枪,擦了又擦,还高兴地哼起了歌……谁知班长发现了,将他的手枪没收并上交到了连部,董存瑞满心是不情愿,可是部队有部队的纪律,只能上交。

晚上,召开战评会时,班长表扬了董存瑞作战时的英勇表现,同时也严厉批评他私藏缴获品和战利品的行为。董存瑞一时想不通,大声说:"那歌里都说了,'没有枪,没有炮,敌人给我们造',这是我从战场上捡回来的,就应该归我,我还要用它消灭敌人呢,我没有错!"

班长看他一时想不通,就耐心地劝解道:"我们军队为什么能打胜仗,就是因为有铁的纪律。如果战场上缴获的战利品,你说你有用留下,他说他有用也留下,每个人都往自己的兜里塞,那和土匪有什么区别,我们还是人民的军队吗?"

班长的话有理有据，心平气和，却又蕴含了很深的道理，也说到了问题的实质，董存瑞听后惭愧地低下了头，并承认了自己的错误。

过后两天，董存瑞正在班里听老战士讲战斗故事，班长兴冲冲地进来通知："所有人到门外集合。"

董存瑞跟在班长后面向外走，看到班长一副高兴的样子，忍不住问："班长，是不是有啥好事？"

班长故意卖起关子："一会儿你就知道了。"

全连集合后才知道是准备给新入伍的战士发枪和新军装。董存瑞兴奋得脸都红了，当轮到给他授枪时，连长特意给他挑了一支比较新的枪作为对他作战勇敢的奖励，并希望他以后英勇杀敌。董存瑞接过枪，感觉自己全身的血液都沸腾了：从今往后，我就是真正的战士了！

特殊的任务

由于董存瑞在这次战斗中的出色表现,他不仅受到了上级领导的表扬和奖励,也引起了县、区领导的特别关注。

在县大队,大家都知道了董存瑞是一个机智勇敢的新兵。

占领沙城后,龙延怀联合县委召开各区主要领导干部会议,研究部署工作。第三区区委书记王福堂和县大队政委耿世昌也奉命来到县委,走到机关门口时,一眼便认出了正在站岗的董存瑞。

董存瑞手持钢枪,精神抖擞,十分威武。他看到两位领导走过来,迅速抬起右手向他们行了个军礼。王书记高兴地拍了拍董存瑞的肩头说:"哟,这不是咱南山堡的董存瑞吗?行啊,几天不见,像个革命军人的样子了!"

得到王书记的夸奖,董存瑞有些激动。喊了声:"王书记、耿大叔……"红着脸,一时不知道该说些什么。

"刚夸你呢,又犯迷糊了吧?在部队,怎么称耿政委为大叔呢?"王书记嗔怪道。

"是这样叫的呀!耿政委和我是一个村的,按辈分我该叫他大叔,没错呀。"董存瑞脑子还没转过来,急忙说道。

"我知道这些,你在村里或家里见了他,就可以这么称呼,但在部队就不能这么叫了,部队有部队的规矩嘛,你们班长没告诉你怎么称呼上级吗?"

"对,应该叫首长!"董存瑞听了王书记的话,不好意思地低下了头,摸了摸后脑勺,又仰起脸,调皮地嘿嘿一笑说:"是,首长,我记住了。"他那调皮的劲儿,把在场的人都逗笑了。

这时,王书记悄悄向耿政委说了什么,耿政委笑着点了点头。只见王书记转过身来对董存瑞说:"下午有个重要任务交给你,怎么样?"

董存瑞双脚一并,抬头挺胸立正道:"保证完成任务!"接着顽皮地眨了眨眼,问道:"首长,是什么重要任务,是不是又有仗打了?"

王书记笑着摇了摇头。

董存瑞想了一下又问道:"那就是抬担架运送伤病员?"

王书记挥挥手说:"也不是。"

董存瑞猜不出,望着耿政委:"那……那是什么任务?别的任务,要是不会,我怕我完不成呀。"

耿政委打量了一下憨厚着急的董存瑞,郑重地说:"区里的自卫队抓了3个俘虏,要我们县大队帮助押往宗家洼后方留守处。

王书记建议让你去完成这个任务,有信心没有?"

董存瑞一听乐坏了,立即行了个军礼:"有!请首长放心,保证完成任务!"

"那好,午饭后,你到大队部来,我再给你具体交代。"

"是!"董存瑞一听是单独执行任务,非常高兴。宗家洼他很熟悉,不过七八里地,翻过一座山就是,完成这个任务简直就是小菜一碟。

午饭后,董存瑞来到耿政委处。耿政委郑重其事地向他交代了注意事项,最重要的是不能大意,决不能让俘虏给跑了,再就是要执行俘虏政策,不能打不能骂,不能虐待。

董存瑞当时连想都没想,就满口应承下来。

正常来说,耿政委提出的几条做到并不难,对老战士来说那些都是基本常识,但对于董存瑞来说可就不一样了,第一这是他第一次单独执行任务,第二他对于日伪军心中满是仇恨,要做到不能打不能骂,不能虐待,还真有些困难,但董存瑞可不是一般的战士,他有很深的革命资历,他要怎样完成这个对他来说有点困难的任务呢?

这3个战俘刚到面前时,董存瑞一看两个是鬼子兵,一个是翻译,立刻满腔怒火憋不住地往头上窜,牙齿咬得咯咯响。想起日本侵略者到自己家乡抓走乡亲、村干部,抢走粮食、牲畜,奸污妇女,以及王平主任牺牲等一幕幕情景,他恨不得马上就把这些坏蛋用枪崩了。

虽然董存瑞知道自己的想法不对,可看到他们却怎么也克制不住内心的怒火。所以在路上，总想找机会教训他们一下。他见其中一个鬼子兵腿上受了点轻伤走不快，就举起枪吓唬他说："快走，不好好走，老子一枪崩了你！"

跟在后面的翻译看见了，索性停下不走了，不满地对董存瑞说："你们八路军优待俘虏，不许打人，你怎么回事……"

没等翻译说完，董存瑞用枪托捣了他屁股一下，严厉地说："不许打人，八路军不打好人，但像你这样的汉奸，打一下当然不行，得使劲打，打一百下也不解恨。"

董存瑞说完，故意举起枪托吓唬他。

翻译大叫起来："你……你……你这是虐待俘虏，我告诉你们的长官去！"

见翻译这么放肆，董存瑞又捣了他一下，指着前方，大声地说："好呀，你去报告吧！"

看着董存瑞满脸怒气，翻译不敢再吭声了。

董存瑞盯着3个战俘，气不打一处来，对他们说："我们的政策是不许打骂战俘，可你们做了那么多坏事，我看着就来气，你们说说，为什么要来侵略我们？"

翻译与鬼子叽叽哇哇地说了一通，然后说："他们说，那是上边的命令，他们也不愿意来。"

"不愿意来？"董存瑞狠狠地瞪着两个鬼子兵，把手放在步枪扳机上："既然不愿意来，怎么来了后就杀人放火呢？"

鬼子看见董存瑞的动作，以为要就地枪毙他们，立刻惊慌起来，忙向翻译求救。翻译向两个鬼子兵咕噜几句，鬼子兵这才哭丧着脸,两眼含着泪水向翻译嘀嘀咕咕说了一阵子。

翻译看着董存瑞,指着腿部受伤的那个鬼子说:"他叫三原,父亲是个贫苦农民,母亲患有严重的肺结核病,他刚17岁就被征兵来打仗,他说心里很痛苦。"

接着,又指着另一个鬼子兵说:"这个叫长森,是一个中学生,高中还没有念完,就被抓了当兵。"

董存瑞以前从来没有想过这些,在他的心里日本鬼子和翻译,都是罪大恶极的,石主任、王主任等很多战士都是死在了他们手里,董存瑞心中充满仇恨,必欲除之而后快,想不到经过了解,才知道原来他们也不是心甘情愿侵略中国的,他的心中一时间感慨万千。是啊,战争是好战分子发动的,并不是参加战争的平民百姓都十恶不赦。

董存瑞摆了一下手,指着翻译问:"那你原来是干什么的?"

翻译叹了口气,十分内疚地说:"我是奉天人,高小没毕业在一家小药店当学徒。九一八事变以后,我被骗进了日语培训班,说毕业后给我找工作,后来被骗进日军当翻译。我……我没办法,不当,他们就杀我,我……我……我可没有祸害过老百姓……"听了翻译和两个俘虏的经历,董存瑞脸上的怒色有所缓和,说:"原来你们都是被强迫来打仗的。"

3个俘虏连连点头:"对,对,是被强迫来的,是被强迫来的。"

董存瑞想了一会儿,心里说不清是什么滋味。他看了眼腿部受伤的鬼子兵,从腰带上取下一条擦汗用的白毛巾给他裹上,又给了他们每人一块干粮,让翻译和另一个鬼子兵搀着受伤的鬼子兵，一步步向宗家洼走去……

　　董存瑞圆满完成了这次特殊的任务，自此之后他闲下来的时候会想到这次特殊的经历，也会想想为什么有人要发动战争，当然这问题太宏大了，他还没有找到答案。

提高军事素质

1945年12月,晋察冀军区进行整编,董存瑞随部队编入冀热辽军区第9旅24团2营6连9班当战士。

1946年1月,董存瑞所在的部队奉命转移到怀柔一带进行整训。

经过思想政治教育,部队练兵热情高涨。指导员纷纷表示,要珍惜难得的和平时间,努力提高自己的战术技术水平。董存瑞更是如此。他在一次训练动员大会上表示:

自从入伍以后,自己没有受过系统训练,作战技术水平比较差,和一个真正的战士的要求还相差很远。因此,一定要刻苦训练,克服自己在军事方面的弱项。打仗要有真本领,只有真正提高自己的军事素质,才能消灭敌人、保存自己。

董存瑞说到做到,训练中对自己的要求非常严格。但是他在训练中还是遇到了意想不到的难题。

因为从小养成的习惯，董存瑞是个左撇子，干活、吃饭等，总是习惯使用左手,这给他的训练带来了许多困难。训练刺杀时，两只手握枪的位置一调换，总是感到左手使不上劲儿，右手的劲儿却又不够使；射击训练中，用右手拉枪栓、押子弹、扣扳机，又不像左手那样灵巧、利索，总要比别人"慢半拍"，多费几分钟。董存瑞认识到，几秒钟的时间在战斗中，那可能就是关系到你死我活的大问题。要想在战场上消灭敌人，就必须彻底纠正左撇子的习惯。于是，他有针对性地进行训练。不论做什么，总是有意识地培养用右手的习惯。时间一长，右手的力量得到明显加强，灵活性也渐渐提高。

但是使用左手的习惯是长期生活过程中形成的，不是短时间内就可以改变的，为此董存瑞很费了些脑筋。

在训练中，董存瑞不仅爱动脑筋，还非常刻苦。

董存瑞对手榴弹情有独钟。他认为,手榴弹是个顶好的武器，杀伤力大，又轻便易携带。但他投掷水平不高，是个明显的弱项。为了提高投弹的技能，在一段时间里，他每天鸡叫头遍时，就悄悄起来到野外练习投弹。因为光线不好，董存瑞便在练习用的手榴弹上拴了一根绳子，这样既可防止手榴弹丢失，又节省了捡弹时间，提高了训练效率。为了增加臂力，董存瑞想了许多办法：连里做的简易单杠，他一有空就去攀；院子里的石磙子，他一天不知去抱多少次；给房东老乡挑水，有扁担不用，偏偏用双手拎着满满两桶水奔走……

一天下来，董存瑞感到浑身酸疼，夜里睡觉翻身都感到困难。早上起床，双腿和双臂像灌了铅似的，费很大劲儿才能抬起来，可是，这个倔强的战士一声不吭，天天坚持着。

董存瑞的韧性，和他的家庭出身有很大关系，农民的日常生活，就是繁重的劳动，很多时候都是咬紧牙关坚持，董存瑞的骨子里就有这种韧性，只要能咬紧牙关坚持的事情，他从不放松，更不会放弃。

这天，连里为了检查第一阶段的训练成绩，进行了一次投弹考核。轮到董存瑞投掷时，有个老战士劝他："你还是用左手投吧，这回可是算成绩的。"董存瑞没有吱声，右手抓过手榴弹，用左手揉了揉右肩膀，咬紧牙关，忍着疼痛使劲甩了出去。

手榴弹在前方不远的地方，砸起了一股灰尘，滚了几下，停住了。

一量距离，还不到 18 米！这下连董存瑞都有点吃惊了：同志们投弹都是越练越远，我这是怎么搞的，越练越近了呢？

他正望着弹点出神时，忽听那个老战士说："不应该算，董存瑞是个左撇子，应该让他用左手投一次！"

董存瑞猛地转过身来说："应该算！要是打仗时我左手挂了彩，右手还能闲着？眼看着敌人不打吗？"

班长仿佛看出了什么，走过来，把董存瑞的右臂军大衣袖子往上一捋，轻轻抬起一看，心痛地说："肿成这个样子，咋不说一声呢？"

这时大家纷纷围拢过来，看着董存瑞又红又肿粗得像小腿似的胳膊,都向他投去了敬佩而关切的目光。

董存瑞说:"其实,大家都和我一样。"

班长说:"我知道,可就数你严重。"接着又对大家说:"同志们,这就是董存瑞投弹不远的原因。虽然这次没投远,但从中体现了他不怕吃苦、顽强训练的精神,这种精神,很值得我们大家学习。"

董存瑞听到班长的鼓励,心里就更不安了。他抑制着内心的激动,说:"班长,我这算什么成绩啊!我……还要继续练下去!"

班长说:"要慢慢来,等你胳膊消肿了,成绩很快会上来的。"

这时,连长王万发来到了9班。他看着董存瑞的胳膊,听到同志们对他的称赞,也被深深感动了。他先是表扬了董存瑞的刻苦精神,接着又说:"我们的训练要讲究科学的方法,不要单练一项,要把射击、投弹、刺杀等交替进行,这样不但能全面提高技术,胳膊也不至于累成这样;不要急于求成,练得太猛,想一口吃个胖子,冰冻三尺非一日之寒,训练成绩也是一样,只要持之以恒,慢慢就会提高;不要只讲苦练,以为吃了苦就能练好,不一定,要开动脑筋,多想办法,苦练加巧练。总之,大家要相互学习,取长补短,不断总结经验,这样才能把杀敌本领练好。"

王连长的话和练兵经验,使大家茅塞顿开,发现了问题所在。

开班务会时,班长主动做了自我批评,说自己作为老兵,指导不够,也不科学,导致一些同志练得伤痕累累,成绩还提高不快,以后要按连长说的,讲究方法,将一些练体力的、练技术的、练战术的项目合理搭配,使各项训练水平一起提高。

领导和战友们的关心和照顾,使董存瑞体会到了革命大家庭的温暖。他暗下决心，一定要按连长说的那样，苦练加巧练，尽快提高三大技术，争当优秀战士。

经过一段时间的训练，董存瑞的射击、投弹成绩都有了很大提高。可他从不满足于现状，坚持给自己层层加码，从严从难，向老兵看齐。

练兵运动结束时，董存瑞这个昔日的"左撇子"，改用右手在全排做了刺杀和射击表演，赢得了阵阵喝彩，叫好声此起彼伏。连里组织投弹考核，他双手投弹，左右开弓，不仅投得远，而且投得准，取得了全连第一的好成绩。后来，董存瑞又和另外4名同志代表全连参加团里组织的军事技术竞赛，他们的手榴弹投掷夺得全团第一名的好成绩，其他几项综合成绩评定也是第一名。在热烈的掌声中，团首长给董存瑞等5名同志戴上了大红花。

董存瑞的刻苦训练，赢得了优异的成绩，战士们纷纷以董存瑞为榜样，刻苦训练，苦练加巧练，不断提高训练水平。

在战斗中磨炼

为了配合主力部队夺回被日伪军占据的一些据点。董存瑞所在部队奉命东进,先后越过了锁阳关,打开了龙关,穿过剪子岭,包围了赤城。

赤城是察哈尔的一座古城,当时驻扎着5个大队的伪警察,有1000多人,全部接受了国民党的委任。以前,他们作为日本帝国主义的走狗,作威作福、鱼肉百姓、横行乡里。日本鬼子投降后,他们又挂起了青天白日旗,换上了"国民党察哈尔省先遣第一支队"的番号,成为国民党反动派的爪牙。

这个支队的头目叫白耀珍,被国民党任命为城防司令。

白耀珍把国民党的委任状当作自己的保护伞,始终不肯向八路军缴械投降,尽管我军采取了先礼后兵的方针,先后几次派人联络,让其出城缴械投降,可他始终不理不睬。而且,为了防止我军进攻，还命令手下紧闭城门，拆除周围的民房，又在城墙周围吊满蘸了煤油的棉花球，夜里点着，以防我军夜间袭击。

1945年农历九月初九，我军在不得已的情况下对赤城展开了全面的攻击。董存瑞所在的部队参加了这次战斗。

冲锋号吹响后，董存瑞一马当先，冲在全连的最前面。来到城墙根后，在营连强大火力的掩护下，他和战友们迅速爬上软梯，首先登上了城墙，紧接着向城墙两侧射击，掩护其他战友爬上城墙。部队像潮水一样涌了进来，敌人见支持不住，已无心再战，纷纷投降。白耀珍见势不妙，正准备弃城逃跑时，被我军活捉。

攻占赤城的战斗结束后，董存瑞所在的部队立即离开赤城，当走到河北龙川与大阁之间的堂子沟时，迎头碰上了一群四处奔跑的村民，行进中的队伍感到可能有情况，便立即停了下来。

董存瑞随手拉住一个跑得上气不接下气的老乡，焦急地问："老乡，怎么回事？前边发生了什么事？是不是又遇到日伪军了？"

"原本是的，可现在他们都变成国民党军了。简直是一群'遭殃军'！比以前还要坏！"这个老乡边说边不住地回头看，"他们都骑着马，正在到处抢东西哪！"

董存瑞义愤填膺，这和日本鬼子、土匪有什么两样呢！他想起连队在进行形势教育时领导讲过，现在的敌占区一片混乱，民不聊生。国民党部队正四处招降纳叛，接收日伪财产。不少当官的利用这一时机中饱私囊，发了横财；被招降的队伍也是浑水摸鱼，借机敛财。

这时，部队接到命令：迎面冲来的，是一支被国民党收编的骑兵队伍，正在这一带搜刮民脂民膏，如果遭遇，可出其不意，就地消灭。

只见连长拔出手枪，怒目圆睁，大声喊道："各排按战斗队形散开，占领有利地形，注意隐蔽，准备战斗！"

全连迅速有序展开。那支耀武扬威、自诩为"国军"的骑兵，无论如何也想不到，眼下迎接他们的不是"财运"，而是一场"厄运"。就在他们拉着抢来的财物旁若无人地前进时，一阵雨点般的子弹迎面扫来，他们一下子慌了神，以为遇到了共产党的主力部队，一枪未还，掉头就跑。战士们见状，立刻从两侧的高地冲下来，落马的"国民党兵"一个个乖乖地举手投降了。

董存瑞像他参加的所有战斗一样，仍然十分勇敢，只见他端着一支旧式步枪，飞快地向前冲去。

这时，他发现100多米远的小树林里，有一个敌机枪手跨上了一匹战马，正向不远处的一片林子逃去，眼看就要溜出战士们的视线了。他迅速举枪瞄准，只听"砰"的一声，可惜没打中。敌人好像发现了追兵，急忙伏在马背上，拼命地催打着马臀。董存瑞见状，赶紧推弹上膛，对准马背又开了一枪。只见那马一个趔趄，后臀一扬，跪倒在地上，紧接着翻起了跟头。马背上的人随之被甩了出去，手中的机枪也甩出了好远。

董存瑞见状，一边大声喊道："不许动！缴枪不杀！"一边迅速冲了过去。

然而敌人不甘心投降，他挣扎着去拿甩出去的机枪，当他就要抓起机枪时,只听距他十几米远的董存瑞厉声喝道:"不许拿枪,要不然我开枪了!"敌人抬起头,看着黑洞洞的枪口,心有不甘地举起了双手。

董存瑞命令他退后几步,离开机枪,自己迅速上前将枪提在手中。这时,战友们也冲了过来,大家一看,高兴极了,原来这是日军使用的当时比较先进的"歪把子"机枪。

战斗结束后,连队急行军来到了预定的宿营地。

刚要扎营,就听到当地群众报告,在村子的一家大院里,住着一个排的"国军",他们在村里抢劫一天了,明天可能撤去。

得知这一情况,连长马上召集骨干们开"诸葛亮会",研究对策,最后决定晚上"端锅",由董存瑞所在的9班打头阵。

天刚一黑,6连就悄悄出动了,从四面包围了这座大院。

在班长的带领下,9班来到大院外面的墙根前。这是一个传统的北方四合大院,大门紧闭,院墙有3米多高,一般人很难上去。班长望着高墙,有些犯难。

"班长,让我先上吧!"董存瑞压着嗓子说。

班长看了看矮小的董存瑞问:"墙这么高,你能上去吗?"董存瑞肯定地点了点头。

"要小心。"班长虽然批准了,但仍有点不放心。

只见董存瑞来到墙外的老榆树下,手脚并用,"蹭蹭"几下,爬到了树上,然后借助伸向墙头的粗壮树干,轻易地登上了墙头。

班长和战友们都很惊奇,纷纷向他投去赞赏的目光。他们哪里知道,董存瑞的这套本领,是从小练就的。

也许是认为这里有高高的院墙和严实的大门，或是有了"国军"的身份，或许是白天的抢劫太累了，这些不可一世的"遭殃军"们连个哨兵都没有。

班长在墙头透过窗户看到里边的"国民党兵"正在喝酒行令，满屋子敌人毫无防备，乌烟瘴气，便率先下墙，然后把大家一一接下，指挥大家用火力封锁了正门。

董存瑞悄悄地接近了房门。门虚掩着，他"咚"的一声踢开了房门，高举手榴弹，大声喝道："不许动，你们被包围了！"

满屋子的敌人被董存瑞这一举动吓蒙了，突然，一个军官模样的敌人掏出了手枪，董存瑞手疾眼快，随手拉燃手榴弹，投了过去。然后，一个转身跳出了屋子，只听"轰"的一声巨响，敌人鬼哭狼嚎，在屋里乱成一团。还有人想往外冲，被班里其他战士的火力打了回去。

这时，院门已被打开，全连官兵冲了进来，向屋里大喊："缴枪不杀，顽抗死路一条！"

敌人眼见无望，纷纷将枪扔出门外。这一小仗，炸死敌人1个，俘虏17个。事后连长听了9班长的汇报后，高兴地说："这小子还真有两下子，要好好表扬一下。"

董存瑞听了表扬挠挠后脑勺，露出两颗小虎牙说："他们太不经打了！"大家一听都笑了。

鏖战十五昼夜

1946年6月,蒋介石撕毁停战协定,在美国的怂恿和援助下,挑起全面内战,大举围攻中原解放区。

这一年的9月29日,敌人从北平、热河、绥远三路进攻我冀察热辽解放区,企图占领华北重镇张家口。敌人的部署是东、西两面夹击;西线有傅作义的大兵团,东线是蒋介石从海上调到塘沽登陆的装备美式武器的第53军。他们自恃兵力强大,武器装备精良,向延庆发起疯狂进攻,企图通过延庆攻占张家口。根据上级战略意图,我军决定在延庆、怀来一带摆开战场,狙击南路和东路敌人的进攻。

董存瑞所在的24团,奉命于10月3日赶到延庆,狙击东线由八达岭进犯之敌。当时,2营负担延庆东门外水屯村的狙击任务,营首长安排4连为预备队,5连在村南,董存瑞所在的6

连在村东小高地坚守。

经过日夜不停地连续奋战，6连官兵赶在敌人进攻之前，在高地上筑起一人多深的拥有猫耳洞和各种射击掩体的战壕。大家凭着"寸土必争，寸土不让"的坚定信念，个个豪气万丈，静待敌人的到来。这是董存瑞参军后打的第一个大仗，他的心情虽然有些紧张，和大家一样缺乏对付拥有美式装备敌人的经验，但经过整训和战前动员，他坚信和战友们一起，一定能守住阵地，叫敌人寸步难行。

董存瑞杀敌心切，一边念叨一边探着身子朝山下瞭望。这时，前方传来连长的命令："注意隐蔽，做好战斗准备！"

董存瑞刚钻进工事里，敌人的大炮就响了，一时间，敌人的炮弹像雨点般落了下来，刺耳的呼啸声、爆炸声响成一片。阵地上，弹片、树枝、石块、黄土四处飞扬。炮声一停，紧接着又有8架敌轰炸机飞到了阵地上空，又是一阵猛烈的轰炸和扫射，阵地上顿时硝烟弥漫，飞尘蔽日。趴在战壕里的战友们几乎都被灰尘覆盖了。

轰炸机一停，战士们从土堆里钻出来了。董存瑞晃了晃头上的土说："这叫啥本事，有胆量上来呀！"一个老战士擦着脸上的土说："这帮孙子，仗着美帝送的飞机大炮想吓唬我们，没门！"

"注意，敌人上来啦！"连长低声说道。

董存瑞看着蜂拥而上的敌人，握枪的手渗出了汗水，着急地对一旁的连长说："连长，打吧！"

"沉住气，放近了再打！"连长沉着地回答道。

敌人越来越近，近得连鼻子眼睛都能看清了。这时，连长大喊一声："打！"董存瑞瞄准冲在最前面的敌人，扣动扳机，敌人应声而倒。几乎同时，阵地上的步枪、机枪也响了起来，敌人顿时被撂倒一片。接着一排手榴弹被扔了出去，硝烟弥漫处，血肉横飞。

敌人受到猛烈狙击，一时魂都吓丢了。当官的掉头就跑，当兵的也跟着往回蹿。董存瑞端起枪，瞄准一个放倒一个，一连撂倒好几个，嘴里还喊着："我让你跑，我看是你的腿快，还是我的子弹快！"

敌人的步兵被打退了，飞机就来轰炸。战士们很快摸清了敌人的套路，飞机来了，就隐蔽在工事里，步兵上来，就狠狠地打。就这样，他们扼守阵地，打退了敌人一次又一次进攻。

晚上，连里召开战前动员会，连长说："根据掌握的情况，敌人调集了十几辆坦克，协同步兵作战，明天的战斗会更激烈，为了有力打击敌人，连里决定组成反坦克组。"

董存瑞第一个站起来报名，连长说，反坦克组人员不宜多，连里已经根据每个战士的特长选定了人员。

董存瑞没能参加反坦克组，感到有些失落，可是他又想到，仗一打起来，情况千变万化，打坦克也不能只靠反坦克组，还是多准备两手为好。于是他从连部要来两根爆破筒，又把手榴弹分成三个一组捆在一起，全部放在自己身边。

第二天一早，敌人的炮击刚过，"隆隆隆"的马达声就响起来了，董存瑞探头朝阵地前方看去，果然有10多辆坦克朝阵地爬上来，每辆坦克后面都跟着一群鬼头鬼脑的步兵。

等敌人靠近阵地时，6连阵地上的机枪、步枪同时开火，强大的火力网封锁了坦克后面的步兵，只剩下坦克仍向阵地冲来。

连长一挥手，反坦克的勇士们一跃而起，冲进坦克群中，马上就有几辆坦克被打瘫在原地不能动弹，可后面的坦克又冲上来了。此时，反坦克组的勇士们手里已经没有多余的炸药包了。早有准备的董存瑞见状，立即抓起身边的爆破筒，跃出战壕，迎着坦克冲了过去。

"轰"的一声，一辆坦克的履带被炸断了。

"轰"又一辆坦克被炸得冒出火来。

见董存瑞连续炸掉两辆坦克，气急败坏的敌人将进攻的兵力一次增加到一个营，在没有讨到便宜之后，接着又将进攻兵力增加到一个团，企图以绝对优势兵力打开二营所属的阵地。形势越来越严峻，部队伤亡也越来越惨重。此时，战前修筑的工事已经被敌人炸平，阵地上仅存有一条小土沟，董存瑞跪在沟里，手拿两三颗手榴弹同时甩，阵地前到处是敌人的尸体。

时间一天一天过去，敌人反复朝我军阵地发起攻击，却都没占到任何便宜。战斗进行到第10天时，国民党军学乖了，不再对据守高地的6连发起仰攻，而是利用猛烈炮火，集中攻击地势相对平坦的5连阵地。敌人依仗着人多，疯狂地进行轮番攻击，5连伤亡很大。没多久，阵地便出现了险情。眼看阵地就要被打开缺口，营长命令6连留下部分人员坚守阵地，其他人员紧急支援。6连命令离5连阵地最近的9班迅速从侧翼赶往5连阵地。

9班长大喊一声:"同志们,快,支援5连!"

班长话音一落,董存瑞立刻跳出了工事,因为他看到已经有几个敌兵摸上了5连阵地,5连的战士已经跳出战壕,与敌人展开了近身搏斗。

董存瑞一冲上5连阵地,就碰上一个大个子敌兵,这家伙人高马大,一脸横肉,见董存瑞身材矮小,根本没把他放在眼里,挺枪直朝董存瑞刺来。董存瑞怒视敌人,毫无惧色,大步迎了过去。敌人来了一个先下手为强,狠劲直刺,董存瑞麻利地向旁边一闪,敌人扑了个空。由于用力太猛,大个子笨拙的身子向前倾倒下去。董存瑞顺势照准敌人的后心,上去就是一刺刀,结果了这家伙的性命。

5连的战士看到战友们前来增援,越战越勇。很快,其他增援的战友纷纷前来,阵地上的激战迅速进入白热化,刺刀碰撞声、枪托砸击声、我军喊杀声、敌人惨叫声响成一片。在我军无所畏惧、善打敢拼的英勇战士面前,敌人心惊胆战、魂飞魄散!他们的手发抖了,腿发软了,一个个抱头鼠窜,纷纷败退下去。

战场的情况瞬间发生了变化,我军的气势占了上风,敌军的气焰被打压下去,5连阵地转危为安,战场赢得暂时的宁静。就在这片刻的平静中,来自不同连队的战士们在阵地上欢呼着、拥抱着、跳跃着。5连长紧紧地握着董存瑞的手说:"好样的,你叫什么名字?"

"我是6连的兵!"董存瑞这时却腼腆了起来,笑了笑,又转身跑回了自己的阵地,他感觉平静只是暂时的,更大的进攻很快就会来临,战场绝对不能掉以轻心,这是董存瑞和战友们恪守的一条原则。

第15天,不甘失败的敌人向我军阵地发起更疯狂的进攻,敌指挥官们挥舞着手枪,组成督战队,像赶鸭子似地把士兵赶到我军前沿阵地。战斗从上午持续到黄昏,打得异常激烈,我军伤亡也十分惨重。

阵地上的险情也不断出现,突然,一颗手榴弹在离董存瑞不远处爆炸了,他转脸一看,只见班长血流满面,已经负伤昏迷过去。9班没有班长的指挥,一时无法组织进攻,敌人趁机在6连的阵地上撕开了一条口子,朝9班的方向蜂拥而上,看到敌人已经冲到眼前,董存瑞大喊一声:"兄弟们,不要怕,听我指挥,上刺刀!"说完跳出战壕,杀入敌阵。战士们顿时又有了主心骨,纷纷一跃而起,随着喊杀声,和敌人拼起了刺刀。

董存瑞虽个子不高,但身体结实,动作敏捷,只见他怒目圆睁,居高临下,将一个刚进入阵地的敌人捅了下去。转过身来,又发现有3个敌人正端着刺刀朝他冲过来。这时硬拼,肯定得吃亏,董存瑞没等敌人近身,便眼疾手快,对准前面的敌人就是一枪,敌人脑袋当场就开花了。后面的敌人还没有缓过神来,紧接着他又是一枪,第二个敌人也被他撂倒了。剩下的一个敌人气得嗷嗷直叫,疯了一般向他刺来。当刀尖向他捅来时,身材矮小的董存瑞一猫腰,然后,对准敌人的胸膛就是一刺刀。只听那家伙惨叫一声,笨拙的身体重重地倒在了地上。这时班里其他战士冲了上来,敌人见势不妙,纷纷退了下去。在这次肉搏战中,仅董存瑞一人就拼掉了好几个敌人。敌人恐惧了，仓皇后退。9班在董存瑞的带领下，始终将阵地牢牢地掌控在手中。

经过15个昼夜的鏖战，24团终于拖住了敌人，赢得了宝贵的时间，掩护了地方政府和战备物资的转移，胜利完成了阻击任务。

部队在这次阻击战中，打得英勇顽强，受到萧克司令员的通令嘉奖。董存瑞作战勇敢，主动出击，在整个战斗中表现出色，受到团首长的表扬。

加入中国共产党

部队撤出延庆后,根据上级指示,董存瑞所在团按"分散坚持、原地斗争、牵制敌人"的部署,仍然转战于龙关、赤城一带。

这年冬天,部队生活极其艰苦。有时一天要打几次仗,经常是跑了几十里地,刚把饭做好,敌人过来了,饭也没法吃,只能先和敌人打仗,打一仗再转移到其他地方。就这样打打跑跑、跑跑打打,一天也很难吃上一口热乎饭。

但是战士们的士气是很高的,因为他们大都来自农民家庭,对于祸害农民的部队,他们恨得咬牙切齿,所以一说到打"遭殃军",个个都十分积极。

在行军打仗最艰苦的日子里,董存瑞看到,每当在最困难、最危险的关头,连里的党员总是冲在最前面。他不由地想起了引导他走上革命道路的王平主任。王主任曾告诉他,共产党是全心全意为穷苦老百姓打江山谋幸福的。关键时刻,共产党总是把死的危险留给自己,把生的希望让给同志,把方便让给别人,把困难留给自己。王主任给他讲的石主任的故事还时常在心头萦绕,他暗下决心,一定要像王主任所说的那样,做个一不怕苦、二不怕死,为人民利益不怕艰苦、勇敢战斗,必要时可以毫不犹豫献出生命的共产党员。

没过多久,部队转战到董存瑞的家乡。一天,他在村子里碰见了南山堡的民兵指导员,两人见面,分外高兴。指导员不停地打量着董存瑞,惊喜地说:"精神,到了正规部队,就是不一样啊,入党了没有?"

董存瑞不好意思地说:"还没有呢,离党的要求还差得很远!"

指导员拍着董存瑞的肩膀说:"我们南山堡出来的兵,个个都是好样的,加油,我等你的好消息!"

民兵指导员的话虽然不多,但在董存瑞的心里却引起了波澜。他真心渴望入党。他想起每次战斗中,尤其是战斗最激烈最艰苦的时候,都会听到排长或班长常喊的一句话:"共产党员跟我上!"说完就带头冲了上去。自己参加革命,是来消灭敌人的,想到这里,他再也忍不住了,跑到连部,见到指导员郭成华就说:"指导员,我要入党!"

指导员望着这个入伍以来表现优秀的小战士,微笑着拍拍他的肩膀,然后说:"你先说说,为什么要入党?"

"干革命,不入党咋行?我要像连里的党员那样,战斗中打恶仗、打硬仗,我要冲在最前面去消灭敌人!"

"你是革命战士,不入党也可以做到这样啊!"指导员笑着说。

"不,我就是要入党,我要像个真正的党员那样,为党打仗,为党流尽最后一滴血。"董存瑞说到最后,急得满脸通红。

指导员说:"积极要求入党是好的,但还不够,还要努力提高对党的认识,提高思想觉悟,入党并不光是杀敌时冲在最前面,这只是党员模范带头作用的一个方面。中国共产党是无产阶级先锋队,共产党员要为实现共产主义理想而奋斗终身。"

接着,指导员又为他讲解了党的性质、纲领和党员的义务,鼓励他向党员同志学习,处处严格要求自己,争取早日加入中国共产党。

这番话如醍醐灌顶,解开了董存瑞思想上的一些困惑和误区,他下定决心,一定要用实际行动,递交一份合格的入党申请书。

1947年3月,部队在牛栏山打了一仗,然后转移到沙峪村、渤海所村一带整训。一天,董存瑞刚从房东老大娘的菜园子干完活回来,就见指导员郭成华招呼他,董存瑞猜想指导员一定有什么重要的事情要对他讲,便赶紧跟着指导员走到村外,两人在山坡上的一棵小松树边坐了下来。

指导员先和董存瑞拉起了家常,对董存瑞的家庭情况做了基本了解后,指导员又提出了一个十分严肃的问题:"存瑞,你还记得上次提出要入党的事情吗?"

董存瑞一愣,立刻不好意思地说:"记得,那时我还不明白什么是真正的共产党员,现在,我做得还不够……"

指导员笑了笑,接着说:"你当兵后,组织上认为你进步很快,能够严格要求自己，无论学习、战斗、训练、群众工作，样样走在前头，同志们对你的反映都很好。现在我和2排长愿意做你的入党介绍人，党支部打算吸收你加入党组织。"

董存瑞听完指导员这些话，一时感觉太幸福了，他简直不敢相信自己的耳朵，看到指导员认真的样子，董存瑞激动得说不出话来。

曾记得，在参军之前，董存瑞听到王平主任给他讲石主任英勇就义的故事时，就牢牢记住了一句话："真正的共产党员是不怕死的！"那时，他就有了自己的理想、自己的追求，要做一个真正的共产党员。

曾记得，从军第一天起，他就把连队当成自己的家，把党看作自己的母亲。只是上次和指导员谈完话以后，他觉得自己离真正的党员还有一些差距。现在，这个几年来日夜挂在心头的愿望就要实现了，怎能不让人激动？董存瑞在脑海里苦苦搜寻什么样的词语能表达自己此时的心情，但他没有找到，只是怔怔地望着指导员。指导员看到董存瑞的表情，知道他内心一定经历着波澜。只是一会儿时间，董存瑞就从茫然中清醒过来，他抓着指导员的手，诚恳地说："我做得还不够，离党的要求还差得很远。"

指导员望着董存瑞兴奋、激动的眼神说："我非常理解你此时的心情，如果党组织批准你入党，你要更加努力工作，用实际行动来回报党对你的信任和培养！这是党给你的新生命，你要为党的事业奋斗终身啊！"

董存瑞两眼湿润了，说："请指导员放心，为了党的事业，我一定冲锋在前，绝不退却，吃苦在前、享受在后，不怕艰苦困难，不怕流血牺牲！"

董存瑞说的都是憋在心里很久的话，指导员紧紧握住董存瑞的手，董存瑞感到一股力量通过指导员的手传递过来，他觉得这种力量充满全身，他真想大声呼喊，释放自己的激动，他想把这种幸福和最亲近的人分享，可是父母、姐姐都在老家，而战友们都在进行着自己的工作和训练。

几天以后，连队党支部召开党员大会，讨论董存瑞的入党问题。董存瑞第一次参加这样的会，一颗心激烈地跳动着。

会上，开始由介绍人介绍董存瑞的情况，然后大家讨论。会场气氛热烈，大家列举了董存瑞入伍后的一系列表现，认为他作战勇敢、工作积极、团结同志、爱憎分明、不怕困难，纷纷表示同意吸收他入党。但有一件事却引起了争论。原来，有个党员说，有一次连队杀猪改善生活，炊事班的同志把猪心炒了个菜，给连部送去了，就为这点事，董存瑞对连队干部提出了批评，说干部不应该搞特殊。这个党员说，董存瑞这样做，是对连队干部不尊重，缺乏阶级感情。

还有同志说，连首长天天带着我们行军打仗，日夜操劳，比谁操的心和受的累都多，多吃个猪心是应该的，董存瑞这是大惊小怪。

大家一时为这件事争来争去，这时6班长站了起来，让大家静了一下。6班长威信高，说话做事一向稳重，他看了看在座的同志，然后说："确实有这件事，但如果因此就说他对连队干部不尊重，缺乏阶级感情，我认为不对。"

大家诧异地抬起头，6班长接着说："有一次董存瑞去执行任务，一天下来饭没沾牙，饿得直打晃，别人送他几块年糕，可是他想到连首长也饿了好几顿，他一口没舍得吃，带回来送到连部。同志们，这叫缺乏阶级感情、不关心、不尊重连队干部吗？"

6班长说的事情，很多人都知道，不是秘密，他的话一说完，会场一时静了下来，大家谁也没有说话。

连长站起来说："我想起来了，确有此事。当时我和指导员还为这事批评过炊事班的同志，不能为我们搞特殊。一个猪心虽小，可董存瑞给我们提了个醒，他是希望我们干部不要脱离群众，要和大家同甘共苦，并肩战斗。同志们，这才叫真正的尊重干部、爱护我们干部啊！不然，我们犯了错误还不警觉、不自知，没准儿会犯更大的错误。"

连长的话说完后，在座的党员鼓起了掌。最后大会表决：一致同意吸收董存瑞为中国共产党党员，候补期3个月。不久，上级党委就批准了连支部大会的决定。董存瑞这个朝气蓬勃的年轻战士，从那一天起，正式成为一名光荣的中国共产党党员。董存瑞多年的愿望实现了，而他也是同一批入伍战士中较早入党的，这些也说明了他在部队的表现是优秀的，是领导和上级机关认可的。

举行入党宣誓那天，墙上端端正正地悬挂着鲜红的党旗，耀眼的阳光透过窗口照射在党旗上，映红了董存瑞年轻英俊的面庞，他显得更加朝气蓬勃了。在这庄严的时刻,他站在党旗面前,眼睛里闪着激动的泪花,昂首挺胸,右臂举起,紧握拳头,向党旗宣誓!

在战火硝烟的洗礼中,董存瑞日渐成熟起来。

再立新功

1947年3月下旬,传来一个消息:先是说胡宗南率20多万国民党军侵占了延安,可是没过多久,上级发来的快报传达了一个喜讯,撤出延安仅6天,毛主席就指挥西北野战部队,在青化砭消灭了胡宗南一个旅,活捉了旅长李纪云。

这些消息在各部队引起了轰动。在学习完上级的有关指示精神后,董存瑞高兴地问连长:"我们什么时候也打个大胜仗,给党中央报喜?"

连长笑着说:"好像就你着急似的,等逮住了机会,可得好好打!"

战斗任务终于下来了,上级决定由24团担任攻打察北重镇独石口的任务,以打击敌人的嚣张气焰。董存瑞高兴得又是磨刀,又是擦枪,嘴里念叨着:一定要打个大胜仗,向毛主席报喜。

部队沿着山谷,向独石口奔袭。董存瑞嫌大家走得不快,一个劲地鼓励班里的战士加快步伐,不一会儿就把带路的老大爷甩在了后面。带路的老大爷见董存瑞那股冲劲,就打趣地说:"小伙子,你这是往哪儿冲啊!"

"往哪儿冲?当然是去消灭国民党反动派!"

"好,就冲咱们解放军这股劲头,国民党军他们就长不了。"老大爷说完爽朗地笑了起来。

第二天天黑之前,董存瑞所在团就包围了独石口。6连也静悄悄地来到镇外的西南山下,准备抢占山上的制高点。不料敌情已经发生了变化。原来独石口的敌人正在换防,一个步兵团还没有走,新的一个骑兵团已经赶到,两个团加在一起,兵力增加了一倍。

情况发生变化,这在战斗中是经常遇到的事情,但是也会给战斗双方尤其是进攻一方带来很大的困难,人数变化,力量悬殊,战斗的结局难以预料,原来拟定的作战计划,必然也要做出适当的调整,但大的调整肯定是来不及了。

与设想情况不同的是,听到这个情况,战士们的斗志更旺盛了。个个摩拳擦掌,准备随时投入战斗。

大家纷纷议论着,有的说:"两个团,这是两块肥肉加一块了,够肥的,值得打一回!"有的说:"你先别高兴,情况有变化,就怕这仗打不上了。"

"要我看,这仗肯定能打。"董存瑞信心满满地说:"现在敌人还不知道我们来了,正在睡大觉,正好可以出其不意打个歼灭战。"

正说着，连长走过来对2排副排长说："山上有刚换防的一个加强排的敌人，你带领3个战士先解决掉敌人的哨兵，记住，不准放一枪，以免惊动城里的敌人。"

连长刚把任务布置完，董存瑞抓起枪早已站到副排长身边了。硬是把这个任务抢到了手。

乘着夜色，副排长带领董存瑞和另外两名战士向山上摸去，摸到离敌人哨位不到50米的一处山丘下隐蔽起来。

夜色中，群山的阴影像是一道屏障，各种建筑和树木，都有奇怪的造型，有的像巨人，有的像巨大的动物，偶尔还有几声狐狸的叫声、猫头鹰的叫声、乌鸦的叫声，听起来就在不远处。八路军战士行动敏捷，悄无声息，敌人还不知道危险正在悄悄降临。山上有一座残破的碉堡，可能还是当年日本人强迫当地百姓修建的，碉堡的一半已经垮塌了，剩下的只有半人多高，碉堡前有两个黑影，正是敌人的哨兵，一个在原地打转，一个向前走几步，又转身往回走。两个哨兵的胆子都很小，不敢往前走，也不敢远离碉堡，一有风吹草动，两人就抽风一样大声嚷嚷。

董存瑞细心地观察了一会儿，小声对副排长说："看样子这两个家伙刚上岗不久，过一会儿可能就松懈下来了。"副排长点点头，示意大家耐心等待。

春天的夜晚，寒风还有些刺骨，战士们尽管身上穿得单薄，却都在咬牙坚持，他们全神贯注地看着两个哨兵。

两个哨兵转了一会儿，没发现什么动静，就缩着脖子钻到碉堡里避风去了。董存瑞乘这个机会，悄悄爬到碉堡跟前，朝里一看，那两个家伙正抱着枪打盹儿呢。董存瑞一个箭步蹿进去，枪口对准哨兵，小声说了一句："不许动！"这时副排长和两个战士一起冲进来，哨兵还来不及做出任何反应，两人的枪就已经被缴了。

经过简单的审问，战士们从俘虏嘴里得知，敌人还有一个排在不远处的地窖里睡觉，董存瑞立刻向连长发了信号。随后连长带领部队迅速冲上来，将睡梦中的敌人全部俘虏，占领了西南山的制高点。

这是一个战斗的夜晚，也是一个充满危险的夜晚，对董存瑞和他的战友们来说，这还是个胜利的夜晚，战士们未发一枪，就抓住了敌人的哨兵，俘虏了敌人一个排。这一切都神不知鬼不觉，在城内的敌人毫不知情，好像一夜是那么的平静，却不知已经是暗流涌动。

这个不平静的夜晚，很快就过去了。天刚拂晓，敌人设在周围的阵地，也先后被兄弟部队悄悄摧毁。紧接着一声令下，我军趁敌人换防立足未稳，居高临下从四面八方向镇内敌人发起强大的进攻，由于敌人措手不及，很快就招架不住了，企图弃城逃跑，不料刚出城门，就被我军设在四周山上的火力压了回去。前无逃生之路，又后无可退之路，敌人所有兵力及武器压缩在地势狭窄的镇内无法展开，于是，最后在我军强大的攻击下，悉数被歼。冲锋中，董存瑞一如既往地跑在最前面，打得最勇敢，表现也最突出。

取得独石口战斗的胜利后，部队越过长城，准备在运动中歼灭另一股敌人。部队跋山涉水，穿村过镇，马不停蹄走了一程又一程，积极寻找战机。

随后的一天，天刚蒙蒙亮，部队正在行军，经过一个村庄时，前方传来准备战斗的命令，紧接着枪声就响了起来。

枪声就是信号，枪声就是命令，董存瑞听见枪声，一下来了精神。"转了这么久，终于找到敌人了！"他端着枪，冲在最前面，朝枪声最激烈的地方冲去。

敌人是张北方向过来的一个骑兵团，昨天经过这里时天色已晚，就地宿营。上级收到情报后，决定趁敌人大部分还在睡梦中时，速战速决，就地歼灭这股敌人。

部队正在冲锋，突然，敌人的一挺机枪从对面围墙上迎面扫射，冲锋的道路被阻。董存瑞一见心急如焚，如果不拿下这个火力点，敌人可能趁机备马上鞍，接下来的战斗会更加艰难。正寻思着，就听排长命令道："6班长，马上干掉这个火力点！"

"我去！"董存瑞应声而出，手里掏出两颗手榴弹。

"好，机枪掩护！"排长的话音刚落，就见董存瑞扔出一颗手榴弹冲了出去，在机枪的掩护下，他利用地形和现有的障碍物做屏障，一面往前冲，一面灵巧地躲避着敌人的火力，他行动灵活，完全是一个久经战场的老战士，战士们对他的举动暗自称赞。董存瑞迅速接近围墙，就势又扔出一颗手榴弹。但围墙是两道，敌人的机枪在第二道围墙后面，手榴弹并没有炸到敌人。

没有时间思考，董存瑞往前冲的态势丝毫没有改变，见手榴弹没有炸到敌人，趁敌人换子弹的间隙，纵身跳过围墙，一下子滚到第二道围墙下。他抬头一望,这墙不到一人高,墙上有个缺口,敌人的机枪就在那里喷火。他习惯性地将手摸到腰间,这才发现手榴弹已经用完了。怎么办?来不及多想,必须赶紧将敌人的机枪夺过来,不然,它多存在一秒钟,就会有战友倒下。董存瑞顾不上多想,他探了探头,一排子弹打了过来。董存瑞心里着急,他只有一个明确的想法:无论如何也要将敌人的机枪打掉,实在不行,就扑上去,哪怕牺牲也要完成任务,除此之外,董存瑞什么也没想。他咬了咬牙,正要起身,这时,班里的火力集中朝敌人射来,原来战友们明白了他的意图,立即进行火力掩护。他赶紧抓住这个难得的机会,身子紧贴着墙,躲在火力死角,眼睛盯着正在发射的枪筒,猛地一跃,伸手紧紧抓住不放。已经打红的枪筒烫得手掌冒起了烟,他咬牙忍着钻心的疼痛,脚往墙上一蹬,双手使劲一拉,硬生生地把那挺机枪夺了过来。对面的人怎么能够想到会有人抓住发烫的枪筒来争夺这挺机枪,在惊恐之中,机枪被董存瑞一把夺下,他不顾手上的疼痛,立即翻过第二道围墙,端起机枪,冲进了村庄,用机枪的火力,打开了一条通道。战友们看到这惊心动魄的一幕,都为董存瑞的手担心,也为有这样的同志而骄傲,在他的带领下,士气大振,大家齐心协力往前冲,他们高呼:

"同志们,冲啊!"

"缴枪不杀!"

部队从四面八方涌来,利用快速的穿插,把敌人打得慌忙逃窜。枪炮声中,敌人的战马受到惊吓,开始四散奔逃。街道上,巷子里，到处都是狂奔的战马、刚装上东西的车辆、散落一地的成箱烟土……敌人的骑兵团在我军旋风般的冲锋和打击下，全部被消灭。

战斗结束后，6连召开了战评会。结合董存瑞之前的战斗表现，尤其是这次战斗中勇夺敌人机枪，为战友们开辟前进通道的表现，记了一次大功。

庆功会上，团首长亲自把一朵大红花和一枚奖章戴在他胸前。战友们用热烈的掌声祝贺他取得的成绩，而董存瑞却腼腆地说："我离毛主席的要求还差得远呢！"

咱们是革命好同志

　　董存瑞这样勇敢、这样好的钢铁战士是怎样炼成的？他的战友们都有不同的认识。

　　由于出身的关系，董存瑞一直很朴素，从他到县大队那天起，就似乎和大家都很熟悉，对县大队的生活也感到很习惯。同志们都知道他过去是南山堡游击小组的自卫队员，和敌人进行过战斗，因此对打仗生活，并不像普通放牛郎那样生疏。董存瑞的生活作风特别艰苦朴素，同志们常说，他有点邋遢，他就笑着说："咱们是劳动人民的队伍，贫雇农出身，破烂点没关系。"有时实在破烂不堪了，他就在缝补子弹袋时，顺便缝补衣服和鞋子。行军时，他个人的东西最简单，一个小背包和一个小挂包。生活上，他关怀体贴同志，他既不爱穿戴，也没有抽烟、喝酒的嗜好，发了津贴费，经常给同志们买些火烟、牙刷、牙粉等必需品。董存瑞当了副班长后更是这样。

1947年冬,他在8班当副班长时,班里来了个新战士,叫刘钧,是刚参军的。董存瑞把班里的同志一一做了介绍,并把每个人的脾气秉性也告诉了刘钧。董存瑞抓紧时间教刘钧怎样瞄准,怎样放枪,还教他立正、稍息、敬礼,见刘钧还穿的是老百姓的衣服,就把自己的一件军衣和一双新鞋送给了他,甚至连最近的几天岗哨,也是董存瑞替站了。事隔多年,刘钧一直忘不了董存瑞同志体贴入微、关怀备至的深厚兄弟情、战友爱,这给他留下不可磨灭的印象。

战友秦友章回忆起延庆保卫战时,他激动地说:"当时我在6连当炊事员,有一次往阵地送饭,敌人的炮火不断打过来,刚巧遇上董存瑞,头一句话就说'快到壕沟里去,别让敌人的子弹打伤了',接着,董存瑞接过饭送到了前沿阵地。"无论战斗还是行军,战士们从未见过董存瑞愁眉苦脸,情绪低落。在6连他是最活跃的。休息时,他经常和同志们开玩笑。他个子小,身体灵活,动作敏捷,体育活动时,跳远、单杠、赛跑,他样样数得着,受到战士们称赞;行起军来,别人走五步的路,他得走七步,别人迈小步,他得迈大步,可他不但能在体力上帮助战友,替同志背包、扛枪、背干粮袋,而且跑前跑后,一路上拉歌,鼓动行军情绪。

1948年1月,部队向东北进军路上,他最喜欢唱这首歌:

春天里暖洋洋,背起钢枪上战场,化雪冰消到隆化,手拉手多帮忙,我帮你扛机枪,咱们是革命好同志,为人民去打仗。

或唱《夫妻识字》歌剧里的：

黑格隆咚天上出呀出星星，黑板上写字放呀么放光明。……

董存瑞在家没念过几天书，到部队后，又总是打仗，也识不了多少字。可是他却有绘画天赋，他的挂包里常装着纸和铅笔，一有空就掏出来画个小漫画，进行表扬和批评，或作为帮助记忆的工具。在攻打隆化时，爆破敌人碉堡的那些炸药包上，差不多每个上面都有他的作品。他热爱自己的武器，自然要为它做些装饰，由于炸药包分量不等，要炸的对象也不同，所以在炸药包上画有要炸的某个碉堡的样子，或是送炸药的爆破手匍匐前进的形象，或是敌人在那里战斗待毙的丑态。从这些诗和画里流露出战士们坚定的杀敌决心和战斗的必胜信心。

在革命熔炉里锤炼

1948年1月,国民党军从永宁向四海一带进犯。我军从大胜岭以东到黑汉岭以西一线摆好阵势,诱敌深入。董存瑞所在6连的阵地在大胜岭以南的青云顶。战斗打响后,敌人用高价收买士兵,组织"敢死队",向制高点青云顶反复冲锋。6连在敌人五次冲锋中,浴血奋战,子弹、手榴弹都打光了,敌人又发动了第六次冲锋,妄图抢占制高点突围。董存瑞见身边全是大石头,急中生智,搬起石头向下砸去,并大声喊道:"同志们放石炮呀!"这句话提醒了大家,战士们纷纷搬起石头,朝敌人猛砸过去。随后,战士们冲入敌群与敌人展开肉搏战。

夜晚,敌人被压缩在南湾子沟。反攻战斗打响后,董存瑞一马当先,猛冲到敌人面前,大喝一声:"缴枪不杀!"劈手夺过敌人的机枪,十几个敌人举起双手,当了俘虏。战后,上级又给董存瑞记了一大功。

2月,部队东进朝阳,升编为东北人民解放军第11纵队。纵队在朝阳进行了50天军政大练兵。董存瑞带领全班战士,不分昼夜,苦练杀敌本领。为了练出过硬本领,他想了很多招数。夜间练兵找不到目标,他就让一个战士拿着个破铁桶,一会儿在这敲几下,一会儿又到那儿敲几下,董存瑞带领全班战士,寻着响声追歼"敌人"。

为了打好攻坚战,董存瑞还搞了沙盘模型,他把全班战士召集起来,比划着说:"这是敌人的碉堡,有母堡、子堡,这是外壕,这是铁丝网……我们的主力在这儿,咱们连在这儿,咱们班在这儿。现在上级要我们炸掉这些障碍物,消灭这里的敌人,大家看怎么办?采取什么战术,走哪条路能以最快的速度完成任务?"大家争先恐后发言,集思广益,出谋划策,搞出了一个完整的攻坚方案。同志们给这个模型起了名字,叫"院中堡垒"。

师首长知道后,还组织参观学习,加以推广,有力地推动了部队的大练兵运动。4月,练兵总结时,部队搞实战演习,董存瑞带领3名战士,代表全营参加了演习。董存瑞战斗组炸"碉堡"动作敏捷、智勇取胜。团部授予他"爆破能手"的光荣称号,6班被誉为"董存瑞练兵模范班"。

英雄定格一瞬间

东北人民解放军冬季攻势结束后,国民党反动派军队退守在几个孤立的据点内,进行顽抗。为配合即将开始的辽沈战役和华北战场杨罗耿兵团东进,董存瑞所在的11纵队奉命以迅速果敢的行动,消灭国民党13军,解放全热河,以割断华北和东北敌军的联系。5月初,部队从朝阳出发,去攻打热河省省会承德的大门——隆化。

沿途,各村庄被国民党13军和土匪还乡团烧杀抢掠,糟蹋得不像样子。董存瑞胸中怒火燃烧,他带着尖刀班快步如飞,在山谷中急行,恨不得一步跨到隆化,把敌人打个稀巴烂。

在头沟村,国民党军发现解放军开来,慌忙放火点着村里的房屋逃跑了。

熊熊烈火笼罩着整个村庄,一间又一间的房屋在烈火中倒塌。

董存瑞和战士们立即帮助群众救火,帮助一位老大娘从烈火中救出了她的孙女,老大娘感激地上前扑打他身上的火苗,询问他的姓名。董存瑞把孩子递给她,自己就地一滚,跑了。老大娘看着远去的救命恩人身上还冒着烟,两行热泪扑簌簌流了下来。

救火后,部队驻扎在头沟村,在村头召开军民诉苦大会。营部请当地两位老大娘控诉国民党军杀害她们亲人的残暴罪行,台上台下一片哭声。董存瑞嘴唇咬得发白,手指攥得嘎巴响。他站起身来,领头高呼:"为老大娘报仇!""打倒蒋介石,解放全中国!"会后,董存瑞向连长表示:"打隆化,我要送第一包炸药!"

18日,部队开进到距隆化县城5里地的一个小山村——土窑子沟。紧张的战前准备工作立即开始,从驻地向敌前沿挖交通壕。董存瑞鼓励大家:"咱们加油干呀,早挖成一天,隆化就早解放一天。"

在他的带动下,大家提前一天完成了任务,然后又去支援兄弟班,第五天就全部完成了任务。接着,他们又捆炸药包、钉梯子、做火药支架。董存瑞还在自己捆好的炸药包上写了下面几行誓言:

> 仇恨满胸怀,
> 隆化要打开,
> 推倒三座山,
> 新中国要用我们双手建起来。

24日清晨,几位首长来驻地检查战前准备工作。董存瑞知道，这回可要真干上了！一上午，他几次去连部请战，要求当"爆破元帅"。上午11点，全营召开"挂帅点将"战前动员大会，董存瑞第一个站起来，要求首长批准他挂帅。同志们都深知他机智勇敢，多次立功受奖，又是爆破能手，所以谁也不和他争，一致表示同意。董存瑞当上了"爆破元帅"，他点了郅顺义为"突击大将"，机枪班班长为火力掩护组组长，1班长为支援组长。然后，董存瑞代表大家表决心，他激动地说："我们练兵诉苦为什么？去年打隆化我们一些同志牺牲了又是为什么？这回党把最光荣的任务交给我们了，没二话，天塌了也得完成！坚决响应党的'五一'号召，打倒蒋介石，解放全中国！在这次战斗中，我负伤不下火线，牺牲了当个掩体，死也要把隆化拿下来！"

　　隆化是承德的屏障，国民党军在这里驻有一个团的兵力，周围筑有40多个永久性碉堡，由母堡、子堡组成碉堡群。在碉堡群周围，还设有很多副防御工事，如鹿砦、铁丝网、陷阱、梅花桩、外壕等，各碉堡群之间都有火力联系，构成交叉火力网。这些工事与隆化城依托的苔山、龙头山的有利地形结合起来，就形成了相当坚固的防御体系。因此，国民党认为隆化"固若金汤"。当解放军包围隆化之后，国民党军13军军长石觉还在承德吹嘘："共军能打下隆化，我就把承德白送给他们。"

　　25日凌晨，天还没亮，阵地上一片寂静。战士们焦急地等待着总攻的信号。随着三颗红色信号弹腾空而起，我军强大的炮火，把苔山上的敌人火力全给压住了。在硝烟弥漫、滚滚烈火中，苔山顶峰的砖塔，被我军的大炮轰倒了，炮楼也被打掉了，不一会儿,胜利的红旗就插上了苔山的顶峰。

5时25分,命令下达,董存瑞所在的6连担任主攻,从城东北向隆化中学外围工事运动。敌人的机枪严密封锁着他们前进的道路。6连火力组、突击组、爆破组、支援组互相配合,很快攻破了隆化中学东北面的旧衙门碉堡群。

董存瑞带领爆破组连续爆破了敌人4个炮楼、5个碉堡,胜利地完成了扫清隆化中学外围工事的任务。

下午3点30分,第二次总攻开始。6连向隆化中学发起冲锋。突然,敌人的机枪像暴雨般横扫过来,把战士们压在一条土坡下面,抬不起头来。原来,这是隆化中学东北角横跨旱河的一座桥上喷出来的6条火舌。狡猾的敌人,在桥上修了一个伪装得十分巧妙的暗堡,拦住了我军冲锋的道路。这时,董存瑞和战友们纷纷向连长请战,要求把这座桥型暗堡炸掉。白副连长派出李振德等3名爆破手去爆破,李振德冲出不远,炸药包就被敌人的子弹打中,李振德牺牲,其余两名爆破手负了重伤。

董存瑞看到战友的伤亡,再次挺身请战。白副连长说:"你已经几次完成爆破任务了……"不容副连长说完,董存瑞抢着说:"我是共产党员,我的任务不只是炸几个碉堡。现在隆化还没有解放,怎么能算完成任务呢?就是只剩下我一个人,也要完成任务!"这时,团部来了紧急命令,要6连火速从隆化中学东北角插进去,配合已突进中学院内的兄弟部队,迅速解决战斗。

白副连长和郭指导员商量了一下,对董存瑞说:"好,你去吧,千万要注意隐蔽。"董存瑞攥紧拳头说:"放心吧,不完成任务就不回来！"说着他从衣兜里掏出一个小纸包，递给指导员说："如果我牺牲了，这就是我最后一次党费。"指导员接过小纸包，紧紧地握住董存瑞的手，深情地望着他说："你一定要回来，我们都等着你胜利归来！"

董存瑞拿起炸药包，弯着腰冲了出去。在郅顺义的火力掩护下，他一会儿匍匐前进，一会儿又借着郅顺义扔出的手榴弹的烟雾，站起来一阵猛跑。

桥型暗堡里，敌人的机枪越打越紧，子弹带着尖利的啸声，从他的耳边掠过。在快要冲进开阔地时，董存瑞指着前面的一个小土堆，对郅顺义说："你就在这儿掩护！"这时，一阵手榴弹把敌人碉堡前的鹿砦、铁丝网炸了个稀巴烂。董存瑞趁着这个机会，冲进了开阔地，敌人的机枪更疯狂地朝这边扫射，子弹打的他身边的尘土直冒烟。董存瑞沉着机智，他忽左忽右地爬着。敌人的机枪打紧了，他就伏下不动；敌人的机枪稍一停，他就飞也似的向前跃进几米。敌人的机枪又慌忙朝他打过来，突然，董存瑞扑倒了，郅顺义站起来刚要向前冲去，只见他猛然爬起来，一阵快跑跳进旱河沟里，进入了敌人的火力死角。董存瑞的腿受了伤，鲜血直流。他抱着炸药包迅速猛冲到桥下。这桥离地面有一人多高，两旁是砖石砌的，没沟、没棱，哪儿也没有安放炸药包的地方。如果把炸药包放在河床上，又炸不着暗堡，河床上又找不到任何东西代替火药支架。怎么办？郅顺义清清楚楚地看着这一切，急得直攥拳头。

突然，身后响起了嘹亮的冲锋号声，总攻的时间到了。惊天动地的喊杀声由远而近，威震敌胆，大批的后续部队像潮水般地涌了上来。就在这个时候，桥型碉堡上的砖头一块块被推开了，子弹像急雨一样，"哗哗"地向冲锋部队射去。

董存瑞不动了，他抬头看了看桥顶，又扭头向后望了一眼，略略愣了一下，突然身子向左一靠，站在桥中央，左手托起炸药包，紧紧贴住桥型暗堡，右手猛地一拉导火索，导火索"哧哧"地冒着火花和白烟！董存瑞巍然挺立，纹丝不动，像是一尊雕塑。看到这情景，郅顺义不顾一切地跳下旱河，朝桥下的战友奔去。只听董存瑞朝他大喊："卧倒，快卧倒！"紧接着，就听董存瑞高声喊道："为了新中国，冲啊！"突然间，一声巨响，地动山摇。敌人的桥型暗堡被炸得粉碎。

"为了新中国，冲啊！"董存瑞的战友们高喊着这震撼山河的口号，冲进了隆化中学。

血一样鲜艳的红旗，升起在隆化城上空，高高飘扬。

董存瑞牺牲后，东北人民解放军第11纵队党委决定：追认董存瑞为纵队战斗英雄、模范共产党员；命名董存瑞生前所在班为"董存瑞班"。

7月10日，冀热察行署决定："为纪念收复隆化战斗中英勇顽强自我牺牲的人民英雄董存瑞同志，特决定隆化中学改称存瑞中学，以志永垂。"

1950年9月，全国战斗英雄、劳动模范代表会议决定，追认董存瑞为全国战斗英雄。

程子华与宣传董存瑞的第一篇报道

1948年5月25日,在解放隆化的战斗中,董存瑞舍身炸敌堡,英雄献身。是谁发现董存瑞的英雄事迹,把他第一个报道出来的呢?原来董存瑞的事迹,是在时任冀热察辽分局书记兼军区司令员,后任全国政协副主席程子华的重视安排下,宣传报道出去的。

1948年5月25日下午4点过后,程子华同志来到隆化城视察战果,当走到隆化中学前面时,只见一个班的战士在那里恸哭。程司令员很奇怪,为什么打了胜仗反而哭呢?一问才知道,他们的班长董存瑞同志为掩护全连冲锋,为减少战友伤亡,只身托住一包黄色炸药,炸掉了一个横跨在旱河上的桥形碉堡,英勇牺牲了。战友们在战场上找了半天,最后只找到了一只鞋,像是班长董存瑞的,只能对着这只鞋痛哭。

程司令员听后沉默了一会儿,安慰并鼓励了全班战士后,回过头对秘书齐肃说:"你连夜到董存瑞同志所在的部队去,搜集有关董存瑞的事迹,专门写一篇报道给《群众日报》头版头条刊登,还要写一篇社论颂扬!"当天晚上,齐肃和程司令员警卫班的两个战士带着冲锋枪,骑马到了董存瑞所在的师政治部宣传处。该处建议他们到团里去,他们于是又急奔团政治处。团政治处的同志向他们谈了所了解的情况,并把营、连上报的材料给了齐肃。团政治处的同志说:"现在能搜集到的材料就是这些,里面还有董存瑞同志那个班的材料,建议你们不必再下去了,而且部队正在行进中。"他们同意了团部的意见,连夜赶了回去,当晚就写好了报道。

1948年7月11日,冀察热辽党报《群众日报》刊登了题为《共产党员奋不顾身　董存瑞自我牺牲　使隆化战斗胜利完成》的报道。原文是:

（前线电）齐肃报道：冀热察辽人民解放军敢五部队八支队六分队六班长董存瑞同志在隆化战斗中以顽强杀敌的气概作了永垂不朽的自我牺牲,他个人的英勇行动使隆化战斗的胜利解决起了一个很大的作用。当我军拿下隆化之苔山制高点后,战斗进入纵深,部队逼近蒋匪城内中学的主要堡垒时,东北角的明暗地堡群和一个架在一道浅沟上的桥状碉堡挡住了我军前进道路,敌用十几挺机枪和冲锋枪组成交叉火网封锁很紧,无法接近,连上去两个爆破组都没有完成任务,但这时不拿下桥状碉堡战斗就再不能发展，更不能歼灭集中于中学里的全部敌人。于是优秀的共产党员董存瑞同志，不顾方才已完成了两次爆炸和连长对他的劝阻，坚决自动要求担当这个任务。经允许后他就用手抹了抹汗，抱起炸药包一弯腰冲上去了。但当时没有木架或棍子可以把炸药支在堡垒中间，而放在桥状碉堡下又炸不毁它，董存瑞同志为完成任务，置个人生死于度外，毫不踌躇地用一手扶着炸药包，一手拉导火索，在强烈的轰声中敌碉堡毁灭，董存瑞同志也光荣牺牲了。我突击队随着浓烟冲进，解决了这一带蒋匪，俘敌百三十余，缴机枪冲锋枪各十余挺，占领了学校，完成了对苔山的包围圈，迫使残敌突围被歼。当教导员知道了董存瑞牺牲的经过后失声痛哭，连干部以后看地形时见到董同志的牺牲地都流泪不止，全连的战士们为他的英勇所感动，决心为他报仇。

同日发表在《群众日报》1版上程子华司令员的文章题目是《董存瑞同志永不垂不朽》。文章对英雄给予了高度评价，原文如下：

人民英雄董存瑞同志，你是具有自我牺牲精神的榜样，我区全军将永远记着你的英勇，有了你那种坚决顽强的攻击精神，敌人的任何抵挡都是枉然。十三军这回守隆化，石觉就总是打电报指示他的部下"巩固部队本身之立足点为兵力部署之第一要义","基本要旨在任何情况下隆化应确保苔山龙头山及隆化学校","应以主力守苔山龙头山及隆化中学要点",他还吹牛说,相信他的部下"必能确保隆化无虞",这就是凭着在苔山和城内中学的工事说的。当我军占领苔山制高点后,城里的敌人又全部集中在学校里时,想学去年一样的固守,但是我们的董存瑞同志爆破了中学校东北角的一个主要堡垒,把敌人的顽抗的计划打破了。

我们每一次战斗的胜利,是依靠了前后方千万战士与人民的功劳,在这当中,个别的指战员、战斗英雄能够起到特别重要的关键作用,好像董存瑞同志这样的作用,对人民的功劳和贡献是永垂不朽的。

我们每一次战斗,特别是攻坚战,更需要战术技术与勇敢顽强的结合。这里面,勇敢顽强的精神是掌握技术能力的基础,因为我们的战术技术,是给勇敢的人们用的,不是给不勇敢的人们用的。同时,一定程度的战术与技术修养,又给了我们的指战员以一些真正能战胜敌人的办法,这就会加强他的勇气,增大他的胆量;因此,没有战术技术的战士最多只有"蛮勇",在攻坚中还是不能生效;我们纪念董存瑞同志,主要地要学习他英勇顽强的战斗精神与消灭敌人的坚决意志,因为没有这一点,就不要想进行中国人民革命战争,更不要说是使这个战争赢得胜利。……

我区人民解放热河全省及进一步粉碎敌军困守点线的形势是越来越近了，发扬董存瑞同志的英勇顽强的精神，为消灭敌人不怕牺牲自己，再加上加紧提高战术与技术，我们一定能得到更大的胜利。

齐肃的报道，是有关董存瑞烈士事迹的第一篇报道。

随着革命的进展和新中国的建立，董存瑞的英雄事迹已写进中小学课本，他成为家喻户晓的英雄，激励着一代又一代青少年的成长。

董存瑞纪念日的由来

1948年5月25日,是全国著名战斗英雄董存瑞壮烈牺牲的日子。每年的这天,在董存瑞生前部队,董存瑞英勇献身的隆化县,董存瑞家乡怀来县,以及以英雄名字命名的"存瑞中学""存瑞中队"等,都要举行纪念活动。

特别是逢五逢十的周年,还将举行隆重的大型纪念活动。这一纪念活动是怎样形成的呢? 1953年,苏军从大连撤走回国后,国民党潜伏下来的敌特分子,趁机造谣惑众,扬言苏军撤走,解放军守不住大连。就在这时,董存瑞生前所在团进驻了旅顺港,他们立即组织十几个董存瑞事迹报告小组,深入到各大院校、厂矿和机关进行演讲。

5月25日,团里邀请大连市各界代表,举行隆重的纪念董存瑞牺牲5周年的活动。大连人民听到威震敌胆的董存瑞生前部队守卫着旅顺港,人人奔走相告,笑逐颜开,一颗颗悬着的心放了下来。从此,这一纪念活动就成了英雄所在部队一年一度的传统教育日。董存瑞牺牲后,1954年,原热河省批准并拨专款,在隆化修建董存瑞烈士陵园。1957年,经河北省批准并拨专款,对董存瑞陵园进行扩建。1957年5月29日,朱德委员长为新建的董存瑞烈士纪念碑题词:"舍身为国,永垂不朽。"1958年5月25日,隆化隆重举行了纪念董存瑞烈士牺牲10周年大会。会上,邀请了董存瑞生前部队、怀来县家乡代表和董存瑞的亲属参加。

从此,部队和地方,一般纪念日各自举行纪念活动,逢五逢十的时候,互相邀请,互派代表参加,分别举行大型纪念活动,进行爱国主义教育和革命传统教育。董存瑞纪念日就这样传了下来。

董存瑞烈士碑文

　　中国人民革命英雄董存瑞，1948年5月25日下午3时半，在解放隆化战斗中，为炸毁国民党匪军在解放隆化中学最后所据守的坚固桥型碉堡而壮烈牺牲，时年十九岁。

　　董存瑞同志1929年10月15日生于河北省怀来县南山堡村的一个贫苦农民家里，当1937年抗日战争爆发的时候，他是小学二年级学生，由于日寇侵占华北以后造成的人民生活的极端穷困，他不能不离开学校，留在家里帮助父亲劳动。

　　中国共产党及其领导下的八路军挺进华北，同华北人民一起进行抗日战争，华北人民反抗侵略者的烈火很快就由平西根据地燃烧到了平北地区，并在这里建立了八路军的巩固抗日根据地。这时董存瑞同志常听人们传说革命英雄的斗争故事。当时，当地人民和共产党员在对敌斗争中坚贞不屈的英勇精神，在童年的董存瑞心中唤起了对侵略者和地主阶级的仇恨。

1942年秋，他在敌人疯狂扫荡下勇敢地掩护了当地党组织的负责同志。从此，他就开始在党的直接教育下，参加了对敌斗争，他担任过儿童团长，当过民兵。1945年参加中国人民解放军，1947年加入中国共产党。在中国共产党的培养下，他成了一个坚强的人民战士。他是冒大火抢救儿童的英雄，他是模范爆破手。他在战斗中由于无比的勇敢，立过三次大功。

他在隆化战斗前的宣誓表现了坚决的斗争意志和崇高的自我牺牲精神。他庄严地说道："党把最光荣的任务交给咱们了，没有第二句话，天塌了也得完成它！咱们练兵吃苦为什么？咱们拼死战斗为什么？咱们好多同志都牺牲了又为什么！别的不说光看咱们来的这一条路上那些老百姓吧。他们过的是什么日子！为了给牺牲的同志报仇，为了给千千万万的老百姓报仇，为了全中国人民都吃饱穿暖，为了小弟弟、小妹妹都能上学念书，我们坚决响应党的"五一"号召，打响头一炮。这回我把生命都交出来了，打伤不下火线，打死也别把我拉下战场，就把我当成一块土，填到外壕，死也要把隆化拿下来！"

战斗展开了，敌人在隆化中学东北角坚守桥型碉堡，阻挡我军前进。这时人民英雄董存瑞抱着炸药包冲到堡下，他把炸药包两次放在桥堡边沿上都滑下来，而敌人还在逞凶射击。这时董存瑞同志表现了伟大自我牺牲精神。他毫不犹豫地用左手托住炸药包，右手拉开导火索，霎时天地轰鸣，碉堡被炸翻，勇士与桥堡同毁！他的英勇行动给我军打开了胜利前进的道路，使我军全部地干净地歼灭了敌人。

　　董存瑞同志视死如归，壮烈牺牲，表现了革命军人的高贵品质。他是中国人民的优秀儿女，真正的革命战士，模范的共产党员。

　　英雄为人民立下不朽的功勋，他的精神永远活在人们心中，成为鼓舞人们前进的力量。

　　董存瑞烈士永垂不朽！

一九五四年十二月二十八日

董存瑞年谱

1929 年　1 岁

10 月 15 日,生于河北省(原察哈尔省)张家口市怀来县存瑞镇南山堡村,小时家境贫穷,只读过一年书。

1940 年　11 岁

南山堡建立抗日政权,参加儿童团并被选为儿童团长。

1942 年　13 岁

掩护区委书记兼武委会主任王平躲过侵华日本军队的追捕,被誉为"抗日小英雄"。

1945 年　16 岁

春,董存瑞参加了当地抗日自卫队,同年 7 月,参加了八路军。自此,董存瑞成为一名人民军队的战士,之后历任副班长、班长。

1946年　17岁

4月初，在察北重镇独石口遭遇战中，他夺下国民党军的一挺机枪，被记大功一次，被授予勇敢奖章。

1947年　18岁

年初的长安岭阻击战，他在班长牺牲、副班长受重伤的情况下，挺身而出，自任班长，如期完成了阻击任务，立大功一次。经过中国共产党的培养教育和战火锤炼，董存瑞立过三次大功，四次小功，荣获三枚勇敢奖章和一枚毛泽东奖章。

3月，在平北整训期间，董存瑞被批准加入中国共产党。

1948年　19岁

5月初，董存瑞所在部队参加冀热察战役。隆化县城是热河省会承德的拱卫，对方部队事先在这里修筑了大量碉堡，有些特殊构筑的暗堡被称为"模范工事"。

5月25日，在解放隆化县的战斗中，因部队受阻于敌军的桥型暗堡，董存瑞毅然抱起炸药包，在左腿负伤的情况下，冲至桥下。因身边无处安放炸药包，紧急时刻，董存瑞用自己的身体充当支架——手托炸药包炸毁桥型暗堡，牺牲时，未满19岁。

6月8日，11纵队党委决定：追认董存瑞同志为战斗英雄，模范共产党员；董存瑞生前所在的六班为"董存瑞班"。

7月10日，冀热察行署发布决定，将隆化中学改名为存瑞中学。

1950年

9月，全国战斗英雄、劳动模范代表会议，追认董存瑞同志为全国战斗英雄。毛泽东主席在会上亲切接见了董存瑞的父亲董全忠。

1956年

1956年，丁洪、赵寰、董晓华三位编剧在真人真事基础上创作了电影文学剧本《董存瑞》。根据电影剧本《董存瑞》拍摄的同名影片成为新中国电影史上的经典影片。

1957年

5月29日，朱德委员长为董存瑞烈士纪念碑写了"舍身为国，永垂不朽"的光辉题词。

2009年

为推动群众性爱国主义教育活动深入开展进行，迎接新中国成立60周年，经中央批准同意，中央宣传部、中央组织部、中央统战部、中央文献研究室、中央党史研究室、民政部、人力资源和社会保障部、全国总工会、共青团中央、全国妇联、解放军总政治部等11个部门联合组织开展评选"100位为新中国成立作出突出贡献的英雄模范人物和100位新中国成立以来感动中国人物"活动（简称双百人物）。

9月10日，评选结果公布，董存瑞被评为"100位为新中国成立作出突出贡献的英雄模范人物"。

2018年

9月，中央军委政治工作部统一印制了张思德、董存瑞、黄继光、邱少云、雷锋、苏宁、李向群、杨业功、林俊德、张超10位中国人民解放军挂像英模画像，并下发至全军连级以上单位。